As Lembranças que Encontramos pelo Caminho

O mundo vai acabar! E agora?
O que de fato é essencial?
O que mais importa para você?

Nadia Mikail

As Lembranças que Encontramos pelo Caminho

Tradução
Ananda Alves

valentina

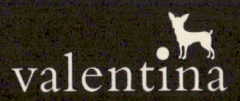

Rio de Janeiro, 2025
1ª Edição

TÍTULO ORIGINAL
The Cats We Meet Along the Way

CAPA E ILUSTRAÇÃO
Silvana Mattievich (com uso de IA: GPT)

FOTO DA AUTORA
liuqquill

ILUSTRAÇÕES DE MIOLO
Nate Ng

DIAGRAMAÇÃO
Fátima Affonso / FQuatro Editoração

Impresso no Brasil
Printed in Brazil
2025

DADOS INTERNACIONAIS DE CATALOGAÇÃO NA PUBLICAÇÃO (CIP)
(CÂMARA BRASILEIRA DO LIVRO, SP, BRASIL)
GABRIELA FARAY FERREIRA LOPES - BIBLIOTECÁRIA - CRB-7/6643

M58L

Mikail, Nadia
As lembranças que encontramos pelo caminho / Nadia Mikail; tradução Ananda Alves. - 1. ed. - Rio de Janeiro: Valentina, 2025.
192 p.; 23 cm.

Tradução de: The cats we meet along the way
ISBN 978-65-88490-97-6

1. Ficção malasiana. I. Alves, Ananda. II. Título.

CDD: 895.95
25-97052.0 CDU: 82-3(595)

EDITORA VALENTINA
Rua Santa Clara 50/1107 – Copacabana
Rio de Janeiro – 22041-012
Tel/Fax: (21) 3208-8777
www.editoravalentina.com.br

Para Criança

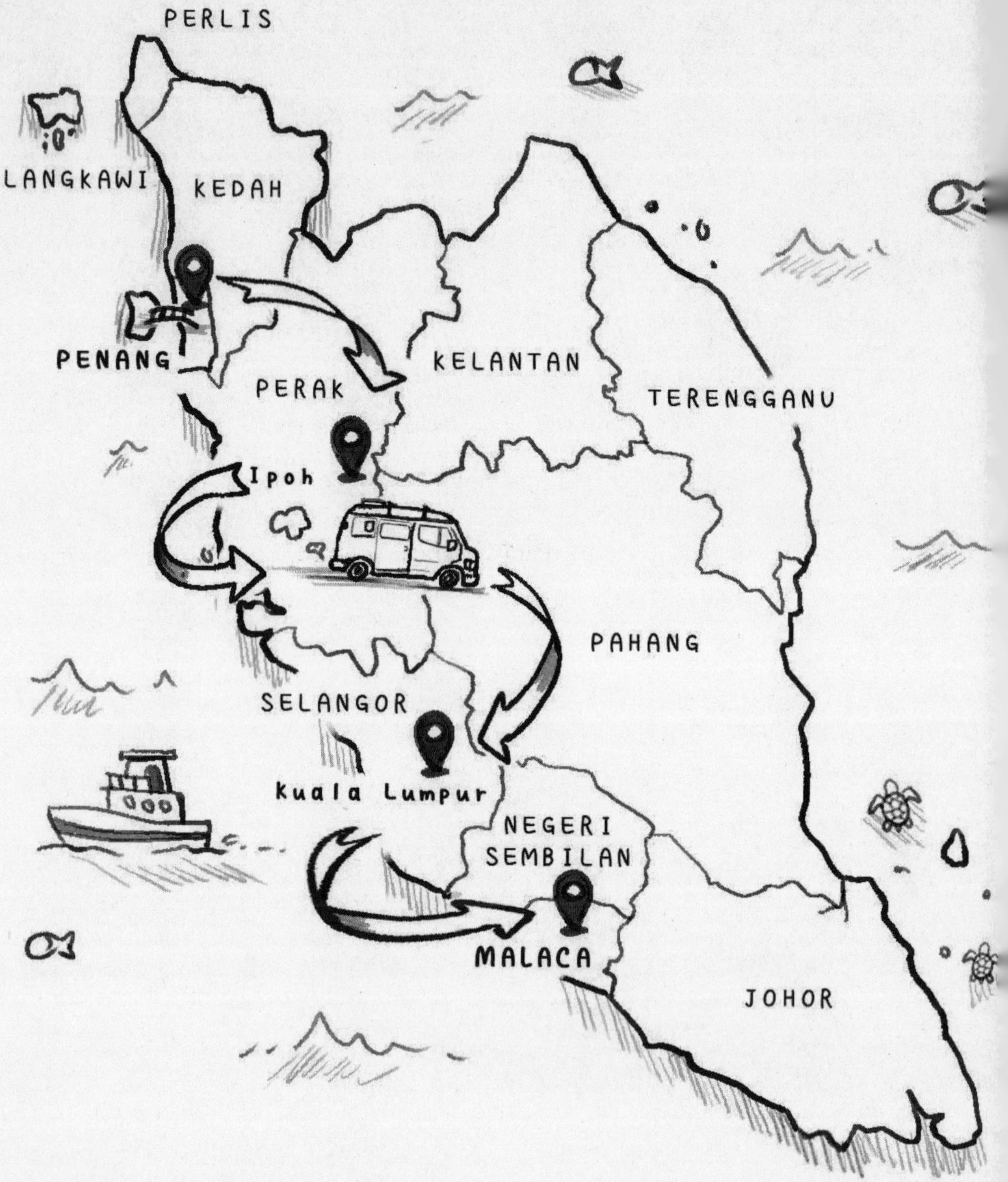
PERLIS
LANGKAWI
KEDAH
PENANG
PERAK
KELANTAN
TERENGGANU
Ipoh
PAHANG
SELANGOR
Kuala Lumpur
NEGERI
SEMBILAN
MALACA
JOHOR

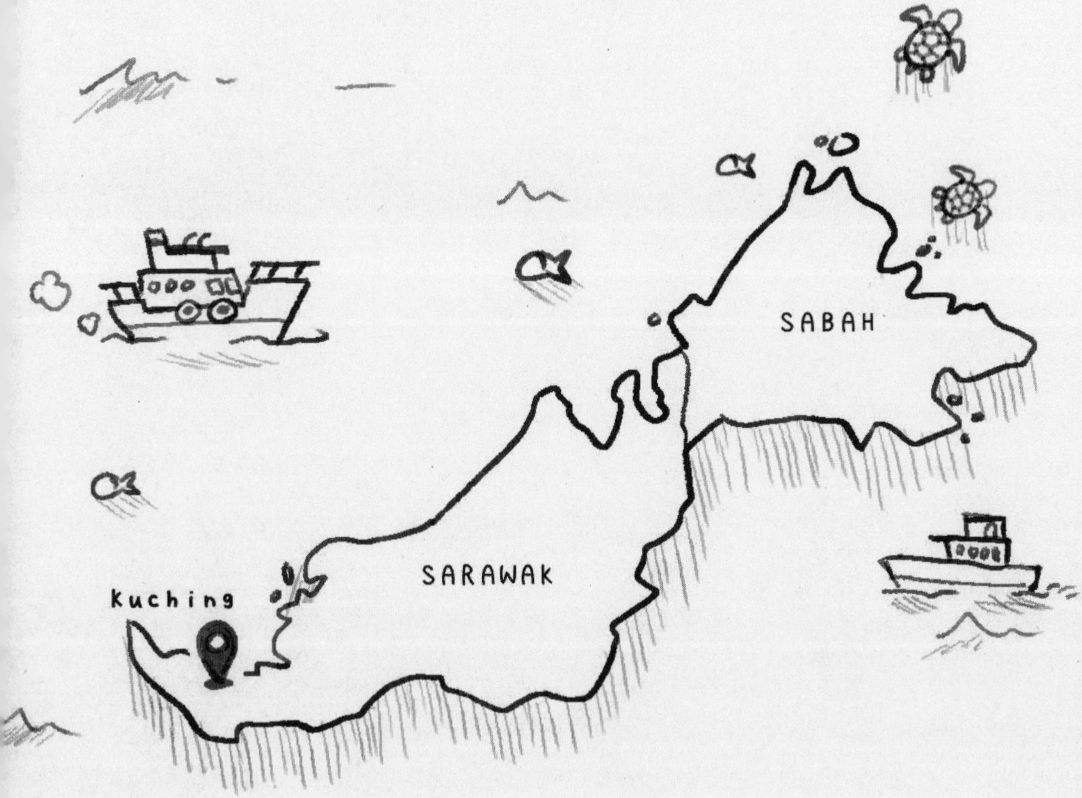

A família de
Aisha morava
em Kuching.

O Gato, Parte Um

(presente)

O gato que os seguiu até em casa não tinha pelo na pata traseira esquerda e havia perdido uma orelha. Era amarelo-alaranjado, de um tom feio e encardido que, para Aisha, mais parecia curry de peixe estragado.

— Xô, xô — disse ela. O gato a ignorou.

— Não seja malvada — repreendeu Walter. Ele se curvou, sorriu com seus caninos tortos para o bicho e inclinou a cabeça para dar uma olhada melhor. — Você está perdido, gatinho?

— Miau — respondeu o bichano impacientemente, de um jeito que Aisha interpretou como *é claro que não, só estou seguindo você até a minha nova casa.*

Quando Walter se endireitou e eles viraram na esquina da rua dela, o gato continuava lá, seguindo o casal de namorados, como se estivesse naturalmente familiarizado com o lugar.

— Ah, não, nem vem, ele deve estar cheio de pulga! — protestou Aisha, tentando espantar o gato com mais vigor.

— E daí? — retrucou Walter, querendo dizer *já que todos nós vamos morrer mesmo…* — Eu não quero que ele esteja sozinho quando… bem. Quando.

Ainda assim, Aisha preferia morrer sem uma coceira no couro cabeludo, muito obrigada. Ela abriu a porta verde-limão da casa e disse:

— Oi, Mak.*

— Olá, *sayang*** — respondeu a mãe, erguendo o olhar do caderno de receitas. O sol lutava para atravessar a vidraça suja, já nas últimas. Naqueles dias, tudo parecia estar nas últimas. — Oi, Walter. Oi, gato de rua que eu não quero na minha cozinha.

Aisha olhou para Walter e deu de ombros de um jeito que dizia *Eu te avisei.*

—Você ouviu, não ouviu? A cozinha é dela, então é ela quem dita as regras.

Walter, contudo, olhou para a mãe de Aisha e, naquele instante, ela soube que a causa estava mesmo perdida. Eles trocaram um olhar no qual ele dizia a Esah frases tristes sobre não querer que o gato estivesse sozinho quando o Fim chegasse, um olhar suplicante, e Aisha reconheceu o momento em que os olhos da mãe abrandaram. Um segundo depois, Esah perguntou:

— Então, qual é o nome do sujeito?

— Como você sabe que é macho? — perguntou Aisha.

Esah apontou para o capacho onde o gato estava sentado lambendo a prova irrefutável do seu gênero.

— Hmmm — disse Walter. — Qual é o nome dele, Sha?

— Pulguento — respondeu Aisha.

Walter deu um peteleco de leve na orelha dela.

— Não seja tão malvada.

— Quer saber? Acho uma boa escolha — retrucou a mãe de Aisha, sorrindo distraída na direção do Pulguento, que dava mais uma lambida áspera nas partes íntimas, como se quisesse demonstrar que ela estava certíssima.

---

* Mak: termo usado na Malásia para "mãe". (N.T.)

** *Sayang*: termo usado na Malásia/Indonésia equivalente a "querida". (N.T.)

— Pulguento — disse Walter, agachando-se e dando uma coçadinha no queixo do gato. — Não liga pra ela. Pense no nome como um apelido carinhoso.

Aisha observava a mãe, que ainda olhava distraída para o gato. Pensou no que estava passando pela cabeça de Esah. Certa vez, June lhe dissera que gatos de rua também costumavam seguir o pai delas, bem no encalço, esfregando a cabecinha contra os tornozelos dele. Esah talvez estivesse se lembrando de alguma cena ao olhar para a cara peluda do Pulguento.

O Gato, Parte Dois

(presente)

Talvez o problema fosse que eles poderiam até já ter se casado se o mundo não estivesse acabando. Às vezes, Aisha imaginava o passar das décadas para eles dois: o noivado, a casa, o cachorro, o sorriso largo do primeiro filho, os punhos gordinhos do segundo. Manhãs preguiçosas, almoço com sua tigela preferida de *laksa** sendo levada para ela na cama, ela embalando as refeições dos dois para o trabalho, noites de domingo na praça do bairro…

Ele teria ficado feliz também. Ambos se sentiriam em êxtase com a felicidade em estado puro. Entretanto, agora andavam discutindo mais do que nunca, oito meses antes do fim do mundo. Aisha chamaria o primeiro filho de Amin, em homenagem ao tão querido tio, o irmão preferido do pai. Walter teria amado o nome por conta de todas as histórias que ela contava sobre o tio Amin e como ele a levava para brincar no balanço toda sexta-feira, antes de morrer. Aisha teria estudado para ajudar pessoas com dor. Walter teria trocado de

* *Laksa*: sopa típica da Malásia e de Singapura. É feita com macarrão de arroz e coentro, pode levar frango, camarão ou tofu, e a base é caldo de peixe. (N.T.)

carreira várias vezes, indeciso e apaixonado por tudo. Ela teria desejado viajar pelo mundo. E eles teriam tido um monte de gatos, afinal Walter não seria capaz de dizer não aos de rua que o seguissem até em casa.

Walter estava falando umas bobagens para o Pulguento, agora sentado à mesa da cozinha de Esah com o gato no colo. Aisha o amava, desesperadamente, mais do que tudo.

— Sabe — disse Esah, a voz baixa interrompendo suavemente os pensamentos da filha —, tenho pensado na June.

Ela foi muito cuidadosa ao dizer isso, como se fosse apenas mais um item na lista de compras do mercado que Aisha deveria fazer. Tanto Aisha como Walter viraram a cabeça de repente.

Pulguento, que claramente não aceitava não ser o centro das atenções nem por um segundo, pulou gracioso para o chão e se afastou. Como se já mandasse na casa. Aisha concluiu que, em tese, bem que era verdade.

— Hein? — disse ela com o mesmo cuidado. Sentiu-se presa no lugar, algo a segurando pelo pescoço, mas não sabia se era pânico. — Está tudo bem? Você soube de alguma coisa?

— Não, não soube de nada. — Esah colocou a tigela azul de mistura dentro da pia e abriu a torneira. Não olhava para ela. Toda a massa de que ela precisava para o bolo ainda se encontrava dentro da tigela. — Eu só estava pensando que gostaria de acertar as coisas — disse. — Você sabe, com tudo isso que está acontecendo...

— Tudo isso — repetiu Aisha em vão. — Então você quer ir atrás dela.

A cabeça de Walter virava de um lado para o outro como se estivesse assistindo a uma partida de tênis.

— Talvez — respondeu Esah. A água caía sobre a massa, que ficava feia, e Esah olhava sem ver para aquilo, distraída. — O que mais eu posso fazer? — Querendo dizer *agora que não temos mais tempo...*

Aisha foi até a mãe e a abraçou com carinho. Esticou o braço e fechou a torneira. A massa ficou ali, gosmenta e estragada. Esah fungou, irritada, e resmungou qualquer coisa sobre o bolo perdido.

— Quer dizer, o que mais *nós* podemos fazer, Mak — corrigiu Aisha. — Estou com você. — Ela ignorou com todas as forças o que quer que a estivesse dilacerando por dentro e assentiu com firmeza, a testa contra o ombro quentinho da mãe, tentando ser convincente. — Um passo de cada vez, dona Esah. Vai ficar tudo bem.

Uma História sobre June

(três anos atrás)

June tinha 19 anos quando decidiu que estava farta de casa.

— Como assim você tá de saco cheio da nossa casa? — indagou Aisha, seguindo a irmã pelo quarto enquanto ela pegava coisas, as analisava com cuidado e decidia se as colocava de volta no lugar ou dentro da mala.

A enorme mala estava desbotada e, ainda assim, chocantemente cor-de-rosa. June havia implorado por ela quando tinha 16 anos, para a viagem à Europa. A mãe cedera e concordara com a viagem depois de um mês inteiro de uma June furiosamente emburrada ou carinhosamente prestativa executando cada tarefa doméstica. Esah a obrigara a instalar um aplicativo de rastreamento no celular para que pudesse conferir se a filha se encontrava de fato nos lugares onde dissera que estaria e nos horários em que dissera que estaria.

— Eu só… — June pensou na irmã, na mala, na Lala, sua dinossaura de pelúcia. — Não é a casa. A casa é uma metáfora.

— A gente não tá em sala de aula, June! — Aisha tinha 15 anos e os nervos à flor da pele. Observou quando June pegou um par de meias e o enfiou com força nas profundezas do armário. — O que isso quer dizer? Uma metáfora pra quê?

June parou de repente e a encarou, como se fosse óbvio.

— Para o fato de que, se eu não me mandar agora, vou ficar aqui a vida inteira — respondeu.

— Não vai nada. Você tem que ir pra faculdade!

— Faculdade uma ova — rebateu June, na lata. Ela havia concluído o último ano do ensino médio naquele dia. De acordo com Aisha, com base no papo sobre metáforas, devia ter passado com nota máxima em Literatura. — Eu não vou. Só não contei pra você e pra Mak porque as duas encheriam a minha paciência, e assim eu pude aproveitar esses últimos meses com vocês... Eu não estou morrendo, Sha. Vou continuar sendo sua irmã.

Ao dizer isso, ela se sentou na cama (cor-de-rosa desbotada) e segurou com firmeza os ombros de Aisha como se nunca fosse largá-la (mas largou).

— Eu só estou... tentando me encontrar.

Aisha olhou para June, o brilho quase animado demais nos olhos da irmã, as chamativas mechas cor-de-rosa.

— Você pode fazer isso aqui.

— Sei que não posso — replicou June, teimosa como só ela, obstinadamente certa daquilo como sempre estava obstinadamente certa sobre quase tudo.

— O que a Mak vai dizer? — perguntou Aisha numa última tentativa. Ela tinha 15 anos e fazia jus à idade o bastante para não dizer *por favor, não me abandone. Ainda não.*

— Ah — disse June, afastando o olhar. — É aí que está o problema. Se ela ao menos fosse capaz de entender... mas jamais entenderia... mas talvez venha a entender, sei lá, nunca se sabe. — Ela esfregou o queixo, em dúvida. Então olhou de novo para Aisha de um jeito que parecia esperançoso. — Talvez se você dissesse alguma coisa. Pode ser que ajude.

— Você quer que *eu* diga alguma coisa — indagou Aisha lentamente —, que *eu* faça com que ela aceite a sua partida?

— Ela te ouve — disse June, o que, na opinião de Aisha, era claramente uma mentira. — Você é a filha boazinha. Pode dizer alguma coisa para que ela não fique tão chateada.

— Nada que eu disser vai funcionar — retrucou prontamente. Mas June, ignorando a negativa da irmã, pareceu entender isso como uma confirmação da sua ajuda. Então, rodopiou, um pouco mais alegre, jogando uma escova de cabelo dentro da mala.

Ela contou para a mãe naquela mesma noite durante o jantar. Esah perguntou *e a faculdade?*; e completou *você é jovem demais para saber o que quer*; e gritou — raramente gritava — *então vá embora agora e para sempre! Vá, agora!!!* Sik kenang budi.*

Fez-se um silêncio que, de certa forma, foi ainda pior do que todos os inúmeros silêncios prolongados que elas já haviam experimentado naquela pequena casa. June não disse nada. Aisha sentia o peso do olhar da irmã sobre ela, abrindo um buraco na sua cabeça. Parecia uma súplica, incandescente e dolorosa. Ela encarou o peixe frito e se afastou dali mentalmente. Afastou-se tanto que imaginou já não poder mais sentir o olhar de June. Caladas, continuaram sentadas à mesa até que os pratos estivessem vazios e June tivesse lavado a louça e subido para o quarto.

Uma hora depois, mãe e filha assistiram à mala chocantemente cor-de-rosa sendo arrastada com dificuldade pela calçada, e a cabeça de June, coberta de mechas do mesmo tom, olhando para baixo, mas com uma firme determinação a guiando para longe.

Uma ferida em Aisha se abriu e foi se alastrando a cada passo que a irmã dava para se afastar dela. Já havia perdido pessoas antes, mas estas não tinham sentido vontade de partir; não tinham *escolhido* partir. June fizera aquilo deliberadamente, por conta própria. Escolhera desaparecer da vida da família sem deixar rastro, para nunca mais voltar.

---

* *Sik kenang budi*: "Sua ingrata." (N. T.)

Walter, de Saída

(presente)

— Acho que é melhor eu ir — disse Walter. — Minha mãe está me esperando.

— Até mais, Walter — respondeu Esah, distraída, acenando para ele. — Vá com cuidado.

Esah adorava Walter, do mesmo jeito que quase todas as pessoas que o conheciam: do fundo do coração e de uma forma, digamos, levemente surpreendente, como se não tivessem percebido que haviam começado a nutrir um carinho por ele, mas agora que tinham percebido não fariam de outra forma.

— Até mais, tia — disse ele educadamente. Acenou de volta para ela, deu uma coçadinha no queixo do Pulguento, usou a outra pia para abrir a torneira e lavar as mãos e aceitou que Aisha o levasse até a porta.

Aisha sabia exatamente quando e como se apaixonara por Walter. Não houvera nada de repentino naquilo, nenhuma onda avassaladora de sentimentos que, estranhamente, passara despercebida. Certa noite, ele enviara uma mensagem de texto — *ei, posso te ligar pra falar sobre um negócio?* — e os dois conversaram até o amanhecer. Falaram sobre a tragédia *Antônio e Cleópatra* e *Como gostais*, que estavam estudando no colégio, mas também sobre os pais dele, a Mak dela, o cachorro dele, o fato de ela não ter bichos de estimação, o gosto que ele tinha por reality shows ruins, o livro que ela mais gostava do Tolkien... Aisha contara a Walter sobre a vez que ela havia caído com tudo de um trepa-trepa no jardim de infância e corrido aos prantos até a irmã mais velha. Ele relatara sobre a vez que a mãe o esquecera na feira de domingo e ele tivera que esperar sentado em meio a legumes e verduras até que ela voltasse e o pegasse nos braços. Falaram sobre o medo que Aisha sentia de sangue e que ela tanto tentava superar, e o atrapalhado primeiro e único encontro que Walter tivera na vida. Ela havia lhe contado que queria sair pelo mundo afora e visitar o maior número de lugares possível, e que esse desejo sempre a fizera se sentir culpada. Walter dissera que queria ser escritor, matemático, biólogo marinho, e que o mundo parecia tão repleto de coisas que ele poderia fazer, mas que o tempo parecia curto demais para tanto.

Aisha desligara o telefone e dissera a si mesma:

— Bem, então...

E não era nem o fato de ela pensar que Walter era perfeito. Passaram-se dois anos. Aisha sabia que ele mastigava de boca aberta e era indeciso além da conta. Mas sabia também que estava decidido a usar os tênis furados até o dia em que se desmanchassem na rua, e achava que ele não dava a devida importância aos pais. Sabia que ele podia ser mimado, genioso e teimoso, assim como ela, e Aisha adorava tudo isso, intensamente e por um bom motivo. Sabia, desde aquele primeiro telefonema — sempre foi a voz dele, tão aconchegante quanto sua poltrona preferida, tão quentinha quanto roupa recém-saída da secadora, tão acolhedora como a cozinha de casa nas manhãs de domingo enquanto a mãe assava alguma coisa, cantarolando, viva —, que...

— Amanhã? — perguntou Aisha.

— Amanhã — confirmou Walter, curvando-se para dar, delicadamente, um cheiro no pescoço dela, aquela sensação gostosa, leve e quase coceguenta. Erguendo a cabeça depois de um instante, ele fez cócegas no pescoço de Aisha com carinho, no queixo, na barriga, cada vez mais rápido até ela começar a rir e tentar afastá-lo.

— Bebezão — disse ela. — Você parece criança, sabia?

— Vai ficar tudo bem — replicou ele, abraçando-a.

Walter não a tratava como se ela fosse frágil porque não eram esse tipo de casal. Ele a apertou até que a preocupação se esvaísse como em gotas: de leve, aos poucos, mas completamente. Era o jeito dele: com certeza era capaz de fazer coisas impossíveis, como livrá-la de tudo quanto é tipo de problema, caso assim Aisha desejasse. Walter sabia que o que tinha que ser feito… tinha que ser feito. Aisha estava certa de que, em algum momento, ele acabaria devorando o mundo. Ele teria escrito livros, feito cálculos e mergulhado nas profundezas do oceano, tudo isso apenas para alimentar sua fome de mais.

Quando Walter se afastou, Aisha ainda podia sentir a sensação em sua pele: o toque do nariz e a leve roçada dos lábios dele.

— Te amo — disse Walter, despreocupadamente, e sorriu com doçura para ela. — Depois do almoço. Às três.

— Certo — concordou ela. — Combinado.

Uma Explicação

(quatro meses atrás)

Numa terça-feira qualquer, o mundo descobriu que estava acabando.

FALTA UM ANO!, gritavam as manchetes, na época em que ainda existiam manchetes. A colisão de um imenso asteroide vindo na direção do planeta, um fim perfeitamente hollywoodiano. De fato, pareceu coisa de filme. Às vezes, ainda parecia uma prolongada e cruel pegadinha.

Aisha tinha ido à praia com Walter quando a notícia foi dada. Tudo estava banhado pela luz do sol e as ondas quebravam, num eterno vaivém. Foram curtir o início das férias e deixaram os telefones em casa. Aisha tinha acabado de tirar uma soneca e eles estavam rindo quando as pessoas começaram a gritar, e, então, a praia esvaziou rapidamente, como uma acelerada maré vazante.

Após alguns minutos, Aisha pensou: *tsunami*. Em seguida, pensou: *bombardeio, colapso financeiro, tiroteio em massa*. Então, informados da catástrofe, eles entraram no carro e dirigiram de volta em silêncio. Esah veio ao encontro dos dois na porta da frente verde-limão, o rosto pálido e as mãos trêmulas. Aisha enfim percebeu que era tudo ao mesmo tempo e, ao mesmo tempo, era o fim de tudo.

Foi assim que o fim do mundo havia sido previsto:

Em Chamas, o Planeta Será Envolto em Fogo e Fumaça.

Tsunamis e Terremotos Farão a Terra Tremer e Rachar.
Não Restará Nada.

Vulcões Entrarão em Erupção; A Água se Tornará Corrosiva;
O Ar, Tóxico; e Tudo Será Engolido pela Escuridão, pois o Sol se Apagará.

Acontece que os governos já tinham conhecimento daquilo havia quatro anos e planejaram de tudo, desde o desvio da trajetória do asteroide ao foco frenético de seus esforços para explodi-lo lá no espaço, bem como a alternativa de construir imensos bunkers subterrâneos — no entanto, quando a ciência alertou que nada disso teria eficácia, todos decidiram comunicar a notícia aos seus povos de uma vez só. Um anúncio simultâneo e mundial.

Serão tempos de escuridão, diziam em seus discursos, *mas uma coisa deve ser sempre lembrada: o poder da humanidade de se unir e enfrentar o que está por vir é imbatível.* A maioria das pessoas, no mundo inteiro, havia assistido ao vivo à transmissão, um vídeo que aparecera do nada enquanto usavam as redes sociais ou assistiam à TV. Algumas ouviram a má notícia no rádio; outras, receberam em seus smartwatches. E havia aquelas que só souberam do fim ao acordar na manhã seguinte.

Muita gente começou imediatamente a cavar bunkers ou construir abrigos. Cientistas apareceram nos noticiários para dizer que até mesmo os mais resistentes de todos não seriam páreo para um asteroide de quilômetros de extensão, até porque eles testaram modelos, então a população podia confiar na conclusão científica. Vídeos foram produzidos de todas as partes do planeta, muitos diziam: *Dediquem tempo aos entes queridos. Vivam ao máximo durante o tempo que nos resta. Não percam a fé. Façam suas orações.* A expressão nos rostos dos cientistas era de determinação e ao mesmo tempo conformada; as opiniões, bem abalizadas e baseadas em fatos: afinal de contas, eles haviam sido os poucos que passaram anos a fio tentando lutar contra o fim.

Isso acontecera na época em que ainda havia noticiários. Aos poucos, eles foram sendo extintos e muitas pessoas cansaram, desistiram de ter esperança. O que ainda existia em relação a notícias era o rádio, até então alternando músicas e mensagens daqueles que tentavam alcançar o mundo e de alguma forma entretê-lo.

Logo após o anúncio ter sido dado, houve um tempo tomado de violência, fúria e desespero. Um período de caos para arranjar e estocar comida e itens essenciais. Sistemas de governo e cumprimento da lei entraram em colapso. Aisha e Esah passaram cerca de um mês em casa, com as portas e janelas trancadas e com barricadas, o ambiente silencioso devido à preocupação. O nome de June jamais foi pronunciado. As histórias que elas ouviam eram brutais. Algumas pessoas passaram a queimar coisas, frustradas e desesperadas com o quanto trabalharam na vida e quão pouco tempo lhes restava dela. Outras se valiam de brutalidade sem motivo aparente, simplesmente porque podiam. E além disso, os relatos sobre aquelas que apenas desistiram de viver.

O tempo passou e as coisas foram mudando. Até então, ainda havia motivos para se ter cuidado. As pessoas continuavam raivosas e angustiadas; contudo, a maioria já se arriscava a sair e retomar a vida dentro do possível. O povo começou a estocar, plantar comida e trabalhar em parceria para o escambo de itens. Comunidades foram criadas e grupos se uniram para sobreviver durante o tempo que lhes restava.

Isso funcionou porque muita gente se deu conta do que era essencial: ter boa saúde, forrar a barriga e voltar para casa e estar em família. As pessoas trabalhavam ainda como voluntárias, cada uma fazendo sua parte para ajudar. Certificavam-se de que haveria linhas telefônicas o suficiente para que pudessem ligar para os parentes distantes. Asseguravam-se de que haveria remédio, alimento e meios de transporte para que os entes queridos se visitassem. Se acontecia algum caso de violência ou ferimento, a comunidade dava o seu melhor para proteger e defender uns aos outros.

Todos sabiam que o mundo acabaria em breve. Isso levou muita gente ao total desespero e, de fato, alguns perderam cem por cento da esperança, a vontade de seguir em frente se apagando como a chama de uma vela num vendaval.

Entretanto, muitos seguiram em frente como puderam enquanto ainda se encontravam dispostos. Enquanto há vida... há esperança. Eles sabiam que isso era importante.

Sabiam que estavam fazendo isso uns pelos outros.

A Decisão

(presente)

Aisha ficou observando enquanto Walter ia embora. Esperou que ele dobrasse a esquina no final da rua e encarou o céu, tomado de tons claros de rosa e azuis mais intensos. Em seguida, caminhou de volta, abriu a porta verde-limão e chamou:

— Mak?

— Estou aqui — respondeu Esah.

Aisha foi até o quarto da mãe, afastando o Pulguento com o pé quando ele tentou segui-la.

— Esse aí não é o seu quarto — sussurrou para o bicho.

Pulguento fez cara feia, ao menos do jeito que um gato é capaz.

Esah estava sentada na cama. Pareceu quase assustada quando Aisha surgiu à porta.

— *Sayang* — disse ela —, está com fome?

— O que foi, Mak? — retrucou Aisha.

Esah abriu as mãos sobre o colo e apenas as encarou.

— Eu nem ao menos sei onde ela está.

June jamais havia tentado entrar em contato depois daquele último dia. Esah não a procurara, até onde Aisha sabia, e ela também não, porque tinha sido a irmã quem decidiu ir embora. June poderia ter voltado quando bem quisesse.

Aisha e Esah não falavam sobre ela desde então. A mãe havia guardado todos os porta-retratos com fotos da filha mais velha — certo dia, Aisha chegara em casa e percebera que tinham sumido — e nunca mais os colocou de volta. Os espaços vazios deixados nas estantes, nas gavetas e nas paredes pareciam buracos, e as duas limpavam a poeira que se acumulava nas superfícies onde outrora ficavam as coisas de June. A pele precisava estar saudável e limpa; feridas abertas infeccionam.

A princípio, perder June havia doído como uma ferida em carne viva, e Aisha tentara com todas as forças não ficar pensando sobre o assunto. Com o tempo, a cicatriz formara um queloide, e Aisha não o cutucava, porque era pele nova, e não devemos cutucar pele nova.

— Podemos tentar encontrá-la — disse Aisha, e, naquele instante, mesmo três anos depois, a sensação era de que a cicatriz tinha aberto. — É possível. Acho que eu sei onde ela está. Onde deve estar.

Elas ficaram ali no quarto. Se Aisha apertasse os olhos, poderia facilmente se lembrar da mãe deitada em posição fetal naquela cama — algo incomum, diga-se de passagem —, sob as cobertas, perdida em pensamentos. Aisha não passava muito tempo naquele cômodo, mesmo nos dias em que isso acontecia.

— Podemos tentar — concordou Esah, erguendo o olhar das mãos.

Elas não disseram *Nós temos que tentar, não há outra opção*. A pele nova poderia não aguentar.

Depois do Almoço

(presente)

Naquela noite, quando Aisha foi para a cama — e como estava demorando demais para pegar no sono… parou de tentar —, apenas ficou deitada de olhos abertos, observando a lua pela janela. Como fazia com certa frequência, pensou no momento em que a notícia foi dada e nas pessoas correndo, fugindo da praia. Um pouco antes, Walter tinha pedido "Pega um Magnum aí pra mim… não, um Chicabon. Na verdade, um Magnum mesmo, por favor", e ela então riu quando pegou a embalagem que parecia ter mingau dentro. Os sorvetes que haviam levado tinham derretido, pois o cooler não tinha sido fechado direito.

Eles riram daquilo. Se algo assim acontecesse atualmente, Aisha ficaria brava e diria que *um* deles deveria ter reparado, e Walter ficaria introspectivo e irritado.

Entretanto, na época, eles conseguiram achar graça daquilo. Walter soltara uma risada, rasgara a embalagem e virara na boca o sorvete derretido apenas para fazer Aisha rir ainda mais, se lambuzando todo. Ela dissera "Eca, não faz isso, eca!", e Walter estendera ameaçadoramente a mão suja com o mingau que havia sobrado na direção do rosto dela. Logo depois, Aisha cochilou. Contudo, entre esse momento e o próximo...

Acordou tarde, o que foi estranho. Antes do Anúncio — ninguém sabia explicar, mas o jeito incomum como as pessoas não pronunciavam o A maiúsculo, deixando-o escondido na boca, pegou —, Aisha era uma típica garota de 17 anos, que amava ficar deitada na cama, e a mãe precisava gritar da cozinha para acordá-la a tempo do café da manhã. Mas, agora, o tempo era algo precioso. Ela acordava cedinho, encarava o dia e o que quer que ele trouxesse.

Ainda assim, ela acordou tarde e se deparou com Esah sacudindo levemente os seus ombros.

— *Bangun,* sayang.*

A luz do sol insistia em entrar por uma fresta da cortina, e Aisha se retraiu ao abrir os olhos. O sol parecia nascer mais claro ultimamente: mais brilhante pela manhã, mas, talvez por isso, partia cansado. Ia dormir exausto. Como num sprint final de uma corrida. Como se soubesse que os habitantes da Terra estavam já nas últimas.

— Que horas são?

— Uma da tarde — respondeu Esah. — Hora de almoçar. — E desceu para o primeiro andar.

O almoço era cenoura cozida da horta e uma das galinhas da sra. Liew, que tinha acabado de ser abatida, depenada e transformada em *kurma*.** Elas comeram em silêncio, mas ainda havia... alguma coisa. Desde ontem, algo tinha mudado, como se o ar estivesse tentando sussurrar para mãe e filha.

Aisha pensou que elas passariam os últimos dias naquela casinha. Ou, para ser sincera, não pensou exatamente nisso nem conversou sobre o assunto com a mãe, já que estava se acostumando com aquele

* *Bangun*: "Levante-se." (N. T.)

** *Kurma*: prato da culinária indiana cujos ingredientes incluem leite de coco, coco ralado, castanha-de-caju, diversos temperos e frango em cubos. (N. T.)

estranho mundo pré-apocalíptico. Talvez elas ainda fossem passar os últimos dias naquela casinha, mas *June*, o nome como uma casca de ferida, uma cicatriz, um queloide, agora pairava perene no ar. A irmã mais velha poderia estar em qualquer lugar do planeta, mas elas a encontrariam. Ah, se não encontrariam.

Talvez o que o ar estivesse tentando anunciar baixinho era uma pequena aventura.

Aisha estava lavando a louça quando Walter bateu na porta. Três batidas educadas, como sempre, e então ele esperava até alguém responder.

— Deixa que eu cuido do resto. Vá abrir a porta — disse Esah. Agradecida, Aisha se afastou da pia, esfregando as mãos na própria roupa, e saiu.

Walter sorriu para ela. Usava uma das suas camisetas preferidas, de um tom de azul desbotado e com a estampa de um cachorro. Também estava com seu tênis mais surrado, o qual Aisha detestava.

Ela o amava intensamente. Por isso foi logo dizendo, sem conseguir se conter, que iriam encontrar June. Seu estômago estava cheio de borboletas.

— Walter — começou —, vem com a gente, por favor.

Walter era o tipo de pessoa que avaliava tudo com bastante cuidado. Adorava muitas coisas, mas, por ora, sorvete, camisetas com animais de desenhos animados, documentários sobre corais e seu trompete eram as suas favoritas. Trocava de interesses num piscar de olhos, absorvendo tudo e se negando a tomar uma decisão tola como ter Uma Única Carreira. Isso também significava que demorava uma eternidade para decidir o que comer num restaurante, já que queria experimentar tudo que havia no cardápio, ou qual playlist ouvir no carro, o que significava que, no fim, eles não ouviam mais do que trinta segundos de cada música.

Todavia, sem hesitar, Walter disse:

— Tudo bem.

Aisha deve ter arregalado os olhos, porque ele repetiu, rindo, "Tudo bem" e depois "Sim" e "É claro" antes de abraçá-la. Ele exalava o perfume amadeirado de sempre, algo tão seguro e confiável. Aliviada, ela fechou os olhos.

— Aisha, mas eu preciso que meus pais venham também — disse ele, os lábios se movendo contra os cabelos da namorada.

— É claro — replicou ela contra o peito quentinho e firme dele, sentindo-se um tanto comovida e muito agradecida.

Aisha pôde sentir quando ele sorriu.

— Você vem comigo para fazer o convite?

— Sim — respondeu ela, como se fosse capaz de concordar com qualquer coisa que ele pedisse naquele momento. — Vou, claro!

Os Pais de Walter, Parte Um

(dois anos e um mês atrás)

Quando conheceu Robert Gan e Elizabeth Jelani, ela ficou levemente desconfiada.

Namorar alguém de uma etnia diferente não era algo simples, pelo menos não na Malásia. As famílias costumavam tomar muito cuidado com isso, devido ao longo e tenso histórico racial da nação, um local onde a religião desempenhava um papel fundamental quando duas pessoas de origens distintas pensavam em se casar. Era uma mistura de preocupação e medo, e Aisha sabia que essa era uma combinação instável.

Sendo assim, quando Aisha foi conhecer Robert Gan e Elizabeth Jelani, a cautela era enorme.

Walter a havia tranquilizado diversas vezes. *Eles são ótimos, sabe, são exemplares como pais* tinha sido uma das frases mais ditas, e também *Você é maravilhosa e eles vão te adorar*, outra preferida. Walter dizia, com seriedade, essas coisas no cinema, no carro, no telefone, cheio de esperança.

Por fim, Aisha não conseguiu mais adiar aquilo. Na última vez que ela sugeriu uma data diferente para a apresentação, ele sussurrou que *Tudo bem, quem sabe outra hora*, olhando para baixo, os longos cílios tocando as bochechas dela. Aisha se odiou por ter feito isso. Seria importante ter coragem se não quisesse vê-lo daquele jeito de novo.

— Na verdade — disse ela então —, amanhã está ótimo.

O sorriso de Walter, com os caninos tortos, se abriu bem devagar, até se tornar imenso.

Na tarde seguinte, Aisha caminhou lentamente pelo condomínio onde ficava a casa geminada de Walter. A casinha dela tinha um pequeno gramado na frente e dois vasos de planta nos fundos, mas a dele tinha um jardim com uma mangueira enorme e grama macia. Certa vez, quando ficara obcecado sobre o comportamento dos roedores por um mês, Walter montara um labirinto para esquilos. Os vestígios dessa empreitada em particular ainda estavam por ali, vide o comedouro perto da varanda. Um balanço branco se agitava preguiçosamente com a brisa leve.

Elizabeth Jelani apareceu usando um vestido de verão bem fresquinho, de alcinha, cor de lavanda, protegendo com a mão os olhos do sol da tarde. Disse para Walter:

— Finalmente, hein! Vá jogar uma água no carro, filho, o coitado passou o dia no sol. — E para Aisha: — Olá!

— Oi, tia! — respondeu ela educadamente.

Elizabeth Jelani sorriu. Era pequena e magra, e tinha os cabelos pretos num rabo de cavalo e os dentes ligeiramente tortos como os de Walter.

— Ah, está quente demais hoje. Deixa ele molhar um pouco o carro. — Ela dispensou o filho e observou Aisha por um breve instante, mas o suficiente para que a garota sentisse aquele olhar gentil e rápido brilhar. — Venha, vamos entrar e tomar um suco para refrescar.

— Hunf — reclamou Walter sucintamente, pressionando o braço contra o de Aisha por um momento antes de se afastar.

Aisha nunca havia entrado na casa do namorado, mas supôs que não deveria ter se surpreendido com o fato de haver um monte de fotos dele, o filho único tão amado. Tudo era de muito bom gosto, cores frias contrastando com as decorações vermelhas do Ano Novo Chinês que ainda não tinham sido guardadas. Havia um piano na sala, ao lado do qual ficava um *engkerumung*,* e cestos de frutas em cima de todas as superfícies. Elas se sentaram na cozinha, mataram a sede com suco de laranja — fresquinho! —, e Elizabeth perguntou trivialidades sobre os estudos, a mãe e a irmã de Aisha.

Ela se atrapalhou um pouco para responder sobre o último tema. June tinha ido embora havia apenas onze meses na época, e o primeiro aniversário da partida estava por vir. A pergunta a pegou de surpresa.

— Ela, bem... ela se mudou.

— Filhos... Ah, eles crescem tão rápido... — disse Elizabeth logo em seguida e mudou de assunto.

Foi então que Robert Gan apareceu na porta. Tinha a mesma constituição física robusta, os mesmos cabelos cheios e macios e as sobrancelhas expressivas do filho.

— Hoje é suco de laranja! — exclamou ele. — Muito saudável. — Sorriu para Aisha antes de pegar um copo para si. — Sabia que nós temos três juicers?

— São multiprocessadores — rebateu Elizabeth, parecendo exasperada, mas sorrindo.

— É claro. Foi o que eu disse. Não é, Aisha?

— Oi, tio — respondeu ela educadamente.

— Espero que o Walter esteja molhando a grama também — disse Robert, tranquilo, indo se sentar ao lado da esposa. — O dia está tão quente, e as coisas, secando. Então... — e se dirigiu à Aisha — o que você pretende estudar na faculdade?

— Medicina, provavelmente. Acho. Se eu tirar boas notas. Ainda não sei se isso vai acontecer — respondeu ela.

---

* *Engkerumung*: instrumento de percussão tribal formado por um conjunto de cinco a oito pequenos gongos feitos de metal, dispostos horizontalmente em uma armação. (N. T.)

— Que beleza! — replicou Robert. — Pelo menos você já tem uma ideia. E eu que nem sabia o que queria fazer na vida mesmo depois de já ter terminado a faculdade. O Walter, com certeza, também não sabe.

Elizabeth olhou para ele com carinho.

— *Anang majak ka perangai nya.** Ele acha que pular de galho em galho é uma coisa boa.

— Eu não *acho*. Isso *é* uma coisa boa — disse o marido. — Todas as estradas levam a algum lugar. — Robert balançou a cabeça para Aisha. — Até mesmo quando são longas e sinuosas.

Aisha se viu rodeada de carinho com toda aquela gentileza, contudo se sentiu um tanto deslocada, um estranho no ninho, como costumam dizer. Mas entendeu melhor como Walter havia se tornado o que era.

* *Anang majak ka perangai nya*: "Esse é o jeito dele", em tradução livre. (N. T.)

Os Pais de Walter, Parte Dois

(presente)

Naquele momento, Aisha se encontrava do lado de fora da casa geminada do namorado, pensando que estava pedindo demais àquelas pessoas que a fizeram se sentir tão acolhida por dois anos, apesar de suas preocupações. Restavam apenas alguns meses de vida, e ela pediria a eles para a acompanharem na busca pela irmã — a irmã que havia partido, por vontade própria, a passos firmes para longe dela e sem olhar para trás.

Aisha pensou na expressão no rosto da mãe e em Walter, em como era importante ter coragem por ele. Por essas duas pessoas, ela tentaria.

Destrancando o portão, ele chamou:

— Mãe, pai!

— Que surpresa boa — disse Elizabeth, abrindo a porta da frente. — Walter, meu filho, não grite, temos vizinhos.

A reação dela ao fim do mundo havia sido transformar o terreno onde morava — que já tinha um monte de pés de laranja, mangueiras exuberantes e bananeiras compridas — numa grande horta adequada às necessidades dos moradores do condomínio, com tomates vibrantes, berinjelas perfeitas e espinafres frondosos. Galinhas cacarejavam o tempo todo, presas numa espécie de cercado nos fundos. Ela distribuía a maior parte da comida para a vizinhança e não pedia quase nada em troca.

A reação de Robert ao fim do mundo havia sido largar imediatamente o emprego como engenheiro e ajudar a esposa com a horta.

Eles se sentaram à mesa da cozinha e Elizabeth serviu a todos um copo de suco de manga bem geladinho. Havia um silêncio apreensivo no ar. A condensação do copo de Aisha escorria devagar até a toalha de mesa. Walter a fitava como se a estivesse encorajando.

— Eu... o Walter já contou pra vocês onde a minha irmã está?

— Ainda não, querida — respondeu Elizabeth. — A única coisa que sabemos é que... bem, você tinha dito que ela se mudou.

— Eu não ia contar uma coisa que não diz respeito a mim — disse Walter.

— Ela brigou com a minha mãe. — O assunto pareceu causar uma coceira na pele nova, que agora pinicava. Walter ainda a observava. *Tenha coragem, vá em frente.* — Nunca mais ouvimos nada sobre a June. Nós vamos procurá-la, achamos que ela pode estar em Malaca...

Aisha viu quando Elizabeth e Robert trocaram um olhar.

— O Walter vai com vocês? — perguntou o pai, a voz cuidadosamente neutra.

— Só se vocês vierem também — disse Aisha, antes de repensar a resposta. Em seguida, emendou com um pedido: — Eu... nós... gostaríamos muito que viessem com a gente. Seria bom demais. Acho... acho que realmente precisamos da companhia de vocês dois. Sem pressão, é claro, mas esperávamos que pudessem pensar no assunto e... É claro que se ela não estiver lá... voltaremos direto para casa.

Aisha olhou para as mãos, tentando parar de tropeçar nas palavras. Daquele jeito parecia ainda mais ridículo pedir àquelas pessoas que viajassem até o outro lado do país com tão pouco tempo de vida restante. Sob a mesa, Walter apertou o joelho da namorada com os dedos firmes em sinal de apoio.

Elizabeth e Robert trocaram mais um olhar. Ele arqueou uma das sobrancelhas, e ela encolheu minimamente um dos ombros magros antes de se levantar para buscar mais suco.

— Isso parece ótimo, Aisha — disse Elizabeth, colocando a jarra sobre a mesa, como se toda uma conversa tivesse acabado de acontecer entre ela e o marido.

— É mesmo?! — retrucou Aisha, surpresa e por reflexo.

— Não é que estávamos planejando fazer uma última viagem pelo país? — disse Robert, as sobrancelhas grossas gentilmente franzidas. — Mas tem uma condição: faremos uma parada num lugarzinho em Ipoh. — Piscou e sorriu para a esposa.

Walter olhou para os pais, os olhos cintilando.

Aisha ouviu a voz dele em pensamento: *Eles são ótimos, sabe, são exemplares como pais.* Aquele tom carinhoso de alguém que vem de uma família *feliz*.

— Um lugarzinho em Ipoh? — perguntou Walter. — Você quer dizer…

— Você já esteve lá — respondeu Elizabeth, afastando os cabelos do filho para longe dos olhos. Ele fungou e rearrumou a franja, sorrindo para ela. — Mas provavelmente não se lembra.

— Você estava ocupado demais chupando os dedos dos pés durante a maior parte do tempo — concordou Robert. — Não esperamos que se lembre de muita coisa.

Eles se viraram para Aisha, três pares de olhos ansiosos aguardando uma resposta.

— Bem, é claro que você não precisa fazer isso — disse Walter, e fixou o olhar no dela. — Podemos ir por conta própria e depois encontramos vocês.

Aisha balançou a cabeça e alisou a saia. Sentia-se um pouco… sei lá, estranha, deslocada e levemente perplexa por ter sido tão fácil, mas extremamente grata.

— Ipoh parece uma ótima ideia — disse.

Ela estava ali sentada em meio a toda aquela gentileza e não sabia se algum dia seria capaz de retribuí-la.

Malaca: Onde June Deve Estar

(uma lembrança)

Aisha havia dito *Malaca* à família de Walter porque fora o primeiro lugar que lhe viera à cabeça quando, ansiosa, fizera o pedido à mesa da cozinha deles. Havia pensado em Malaca, afinal e na verdade, pois os avós por parte de mãe eram daquela cidade. E a casa deles ainda estava lá. Vazia. Aisha guardava poucas memórias dos dois; faleceram antes do seu pai ficar muito, muito doente. Contudo, como June era quatro anos mais velha, então, das histórias que a irmã contava, ela ainda se recordava bem.

Às vezes, June se deitava na cama e falava sobre o Nek* Dan e a Nek Kah. Aisha prestava atenção e criava suas próprias lembranças. Imagens sem muita definição dos avós apareciam e desapareciam: o brilho dourado da pulseira dela, ou a expressão levemente carrancuda que ele fazia ao ler o jornal. Na maior parte das vezes, ela preenchia a lacuna das lembranças com imaginação. As palavras serpenteavam com cuidado na escuridão, flutuavam pelo quarto até Aisha, e ela dava o seu melhor para complementar as memórias.

---

* Nek: expressão usada para avôs e avós, equivalente ao nosso "vô" e "vó". (N.T.)

June falava sobre a casa em Malaca, sobre fazer uma visita durante cada feriado prolongado.

Era uma residência muito boa, bem maior do que aquela onde Aisha morava e, ainda assim, tão aconchegante e agradável quanto, dizia ela. As paredes de madeira cobertas com trepadeiras sempre verdes, obstinadas e livres. O quintal se estendia magnífico: havia árvores robustas e grama-tapete por todos os lados, quase nunca aparada; apenas um local onde a natureza se desenvolvia. Flores, frutas e ervas daninhas, passarinhos cantando docemente e gatos de rua passeando pela relva. Tinha até mesmo um riachinho borbulhando ao fundo.

Havia tantas fotos nossas lá dentro… A voz de June, melancólica, lhe veio à cabeça. *O Nek Dan me dava doces, e a Nek Kah me deixava ler romances de banca e assistir às novelas.*

De vez em quando, rancorosa, Aisha pensava que não se importava. Ansiava pelas histórias, mas, às vezes, pensava intensamente no fato de não dar a mínima. Como poderia nutrir sentimentos por duas pessoas das quais tinha tanta dificuldade de se lembrar? Apenas as tivera por perto até seus seis, talvez sete anos, mas June convivera com elas por quatro anos a mais. Tivera duas pessoas inteiras a mais em sua vida, enquanto ela havia tido tão poucas.

Quando os avós faleceram, a casa onde moravam ficou para Esah, que decidira não usá-la, pois achava que retornar seria doloroso demais; sendo assim, ela a deixara aos cuidados de um vizinho que adorava as frutas que davam naquelas árvores.

Entretanto, June sempre havia sentido vontade de voltar na primeira oportunidade que tivesse.

Fazendo as Malas

(presente)

Parada em meio a tudo que tinha, Aisha não sabia o que levar. Aquela seria uma viagem com muitas variáveis: e se não conseguissem encontrar June? Por quanto tempo a procurariam? Se a encontrassem, quanto tempo ficariam por lá? Será que ela ao menos os deixaria entrar depois de três anos de absoluto silêncio? Será que ela voltaria com eles? Será que era o que a mãe queria?

O que Esah, ao reencontrar a filha, ao menos diria? O que *Aisha* deveria dizer?

Aquele quarto nem sempre fora somente dela. Os lençóis cor-de-rosa desbotados da outra cama tinham sido retirados, e a cama em si havia se transformado num depósito para as roupas e trecos de Aisha, mas, outrora, o quarto também fora de June, com cheiro de baunilha e trilha sonora do One Direction.

Aisha havia trocado ideias, batido altos papos, se divertido e convivido com outra pessoa por muito tempo, até mesmo bem antes daquela casa. Bem antes daquela casinha com porta verde-limão. Houvera a primeira residência, a da família, a que ficava em Kuching, onde June nascera e, depois, Aisha. Onde passaram os primeiros anos de vida.

Todas as lembranças mais marcantes que tinha daquela casa eram de luto, de despedidas lentas e dolorosas, mas, durante a noite, a irmã sempre estivera presente, uma contadora de histórias, uma fonte inesgotável de músicas de boybands.

Aisha se levantou e fez uma pequena mala com roupas, colocou o elefante de pelúcia na mochila e arrumou livros, cartas e presentes antigos e preciosos onde quer que coubessem, apenas para o caso de não voltarem.

Escondidos no fundo do guarda-roupa estavam os lençóis cor-de-rosa desbotados. Certo dia, Aisha os tirara da cama e os enfiara lá dentro. Parecia estranho June tê-los abandonado, já que os amava tanto. Talvez o rosa tenha sido a forma de expressão que ela havia encontrado naquela casinha onde Esah tomara conta tão bem das filhas, mas, assim que partira para o mundo, perdera a necessidade de ter que se expressar de uma única maneira. Ou talvez estivesse deixando um sinal: *por favor, lembrem-se de mim.*

A velha ferida coçou. Se June quisesse de fato ser lembrada, já teria voltado para casa.

Aisha colocou os lençóis de qualquer jeito dentro da mala antes que pudesse mudar de ideia e, em seguida e às pressas, fechou o zíper. Ficou ali olhando para a bagagem. Aquilo parecia... definitivo demais.

Com seu gingado, Pulguento entrou no quarto e se esfregou nas pernas dela.

— Sai daqui, por favor — protestou Aisha, afastando os pés do corpo extremamente macio e peludo e se jogando na cama de pernas cruzadas. — Você não tomou banho. Já não falei que não pode vir aqui em cima?

Pulguento absorveu a informação enquanto a observava com atenção. Em seguida, fez um meneio e pulou na cama ao lado dela, esfregando a cabeça na coxa de Aisha.

— Você tá imundo — disse ela, fungando e se negando a dar o que o gato queria. De perto, podia ver a cicatriz na cabeça dele, onde ficava a orelha. Ela se perguntou se às vezes coçava, pois sabia que cicatrizes podiam coçar e talvez fosse esse o motivo daquelas esfregadas na sua coxa.

Aisha o pegou pela barriga. O corpo do gato formou um U invertido, e seu miado aumentou, tanto em duração como em intensidade.

— Anda, desce da minha cama — ordenou. Agora ela podia ver a área despelada na pata. — Você se meteu em alguma briga, Pulguento? — perguntou, colocando-o no chão. — Valeu a pena? — Aquele era um sinal de que ele havia explorado o mundo, talvez ido mais longe do que ela jamais fora. — Foi por causa de uma garota? Algum território que você precisava marcar?

— Miau — respondeu o gato, preparando-se para pular de volta.

— Não se atreva — disse Aisha, abanando o indicador.

— Miau — replicou Pulguento, triste.

— E vê se não mija mais no chão — disse ela. — Eu sei que a Mak improvisou uma caixinha de areia pra você.

— Miaaau!!! — protestou ele.

— Nem vem — respondeu Aisha. — Não tem como. Você é um gato de rua e provavelmente vai ficar enjoado e vomitar o carro todo.

Pulguento já parecia uma bola de vômito, com aquele tom alaranjado horroroso. Aisha guardou essa informação para si, afinal, grosseria tinha limite, até mesmo com gatos intrometidos.

— Miii... aaau? — perguntou Pulguento.

— Eu sei lá pra onde você vai — retrucou ela. — Não pergunta isso pra mim. Se sobreviveu tanto tempo lá fora, é claro que não vai passar fome.

O tom de voz de Walter deixara escapar um vestígio de ansiedade quando dissera *eu não gostaria que ele ficasse sozinho quando a gente...*

— Que saco, viu! — exclamou ela. — Eu vou dormir.

Fez-se um ruído leve e macio quando o Pulguento pulou para os lençóis e se aninhou nas pernas dela, um peso quentinho.

— Ah, não, você não fez isso — disse Aisha, mas sem obrigar o gato a descer da cama.

Um Sonho, Parte Um

(mundo onírico)

No sonho, o dia estava ensolarado.

Aisha se viu num quarto desconhecido, mas que parecia familiar demais para um lugar jamais frequentado. As paredes eram de um branco encardido e, numa delas, havia um quadro de cortiça com Polaroids; no canto, um armário pequeno e, contra uma parede, uma cama que parecia bamba, na qual se apoiava uma antiga escrivaninha de madeira.

Quando Aisha tentou se aproximar das Polaroids para ver os rostos nos quadradinhos, eles saíram de foco no mesmo instante. Em vez de insistir, ela se aproximou da janela. Lá fora havia vozes flutuando pelo dia quente, pequenos fragmentos de conversas que ela tentava entender. Pareciam animadas e tranquilas. Quando se inclinou para a frente, Aisha viu que os donos das vozes estavam logo abaixo dela, mas não dava para saber quem eram.

O telefone tocou. O som veio de um aparelho com fio que se encontrava sobre a velha escrivaninha. Quando ela o atendeu, June disse sem rodeios:

— Olá. Quando eu posso ir aí fazer uma visita?

— Como assim uma visita? — estranhou Aisha, confusa. — Você mora aqui. — Quando ela tornou a levantar a cabeça, viu que as paredes haviam mudado de cor e agora eram cor-de-rosa, assim como os lençóis. — *Eu* é que não moro aqui — disse ela a June.

Com a voz estática ao telefone, foi tio Amin quem respondeu:

— Bem, então vamos logo. O que você está esperando? É sexta-feira.

Em uma daquelas reviravoltas loucas que só acontecem nos sonhos, Aisha saiu do quarto e se deu conta de que estava no balanço que ficava pendurado na majestosa árvore próxima ao rio, ao lado da antiga e tão amada casa em Kuching. Ela *voava*, radiante com tudo aquilo.

A água do rio, turva e calma, lambia as margens, e o pôr do sol encobria o baixo zumbido da cidade. E foi assim, bem assim, por um breve segundo, que Aisha sentiu, sem dúvida alguma, que estava em casa.

— Mais alto? — perguntou tio Amin, e quando ela disse que sim, ele obedeceu, as mãos quentes e fortes nas costas da sobrinha, impulsionando-a para o céu.

Aisha subiu num arco pela noite fresca e pensou nunca ter se sentido tão feliz. Virando-se para ver o tio, ela se deparou com um rosto embaçado, assim como aqueles nas Polaroids do quarto branco e encardido.

Penang e a Casinha de Porta Verde-Limão

(entre nove e onze anos atrás)

A Nek Kah havia sofrido um acidente doméstico, uma queda, e veio a falecer em consequência algum tempo depois, e então o Nek Dan… bem, ele não teve *nada*. Nenhuma doença, fosse lenta ou repentina, crônica ou aguda. Os parentes distantes diziam coisas melancólicas sobre quando uma esposa se vai, o marido logo vai atrás, mas Aisha pensava que aquela era uma noção romântica, abstrata demais. Será que alguém poderia morrer apenas por estar *triste*?

Tudo que June dissera havia sido que o avô não era mais o mesmo, que frequentemente ficava perdido em pensamentos e que, quando ele olhava para você, era como se olhasse através do seu corpo.

Eles os sepultaram num intervalo de três semanas. Esah decidiu manter a maioria das coisas da casa dos pais, a casa em Malaca com sua abundante natureza nos fundos, e a família retornou para a própria casa em Kuching.

Kuching era a cidade onde os pais de Aisha haviam nascido, onde se casaram e viveram mais de uma década apaixonados. Era onde as filhas haviam nascido e onde planejaram passar o resto da vida. Em Kuching, o pôr do sol era infinito, as horas passavam preguiçosas e exuberantes, e as estradas eram largas e sinuosas. As pessoas caminhavam devagar, os dias pareciam longos, e a comida era apimentada e deliciosa. Se alguém errasse a entrada e continuasse dirigindo, acabaria se deparando com a areia da praia; no entanto, caso seguisse o caminho correto e continuasse dirigindo, por fim se veria cercado por uma floresta. Era um vilarejo que havia encontrado um jeito de se tornar uma cidade e, seguindo o fluxo, se expandira e se transformara em lar para as pessoas que ali chegavam em busca de um.

Kuching era sinônimo de *kolo mee** de manhã e de sentar-se em cadeiras de plástico com os amigos à noite; de casas antigas de madeira e tradicionais *kopitiams.*** As primeiras lembranças de Aisha referentes a *qualquer* coisa... — à escola, a andar de bicicleta, a June sussurrando no espaço que havia entre a cama das duas, e ao Pak*** a colocando para dormir enquanto contava uma história — todas elas se formaram naquele lugar, em sua cidade natal.

O pai, um homem que mais parecia um urso-pardo enorme e fofo, tinha ido recebê-las no aeroporto ao voltarem dos velórios dos avós — ele havia retornado após o primeiro — e, apesar da alegria pelo reencontro, enquanto as abraçava bem forte, o rosto pareceu aflito, com novas rugas no contorno dos lábios. No carro, na volta para casa, Esah estava sentada no banco do passageiro, Aisha tinha começado a cochilar e June já estava roncando. Haviam sido longas semanas, repletas de lágrimas e exaustão, até que decidissem onde os avós maternos descansariam eternamente.

— O que houve, Arif? — perguntou Esah, então.

— Agora não, *sayang*. A gente conversa mais tarde — disse o pai das meninas.

---

* *Kolo mee*: macarrão típico no estilo malaio-chinês. *Kolo* significa "seco", ou seja, o prato não leva nenhum tipo de caldo ou molho, apenas o macarrão, uma proteína e temperos. (N.T.)

** *Kopitiams*: cafeterias. *Kopi* significa "café" e *tiam* significa "loja" em malaio. (N.T.)

*** Pak: termo usado na Malásia para "pai". (N.T.)

— Sei que tem algo errado, e tudo bem, eu aguento — insistiu, aflita para ouvir e por desconfiar do que se tratava. — Anda, diz logo. Eu aguento.

— Recebi os resultados — revelou Arif baixinho, depois de olhar pelo retrovisor e ver os olhos de Aisha quase fechados.

Após a morte lenta e dolorosa do irmão Amin, Arif adiara os exames o máximo que pôde. Ele finalmente os havia feito depois da queda da sogra.

Esah parecia não conseguir respirar. Estava ofegante no carro, mas tentava falar baixo para não acordar as filhas.

Passaram-se dois anos entre essa conversa e o fim. Aisha tinha dificuldade de se recordar desse período, não porque fosse muito nova, mas porque eram lembranças dificílimas de serem revividas: o sobrepeso e os músculos do pai cedendo lugar a feições abatidas e ossos ocos. No fim, ele já não tinha forças nem para abraçar nenhuma das três, e a voz estava rouca demais para contar histórias devido ao tubo da traqueostomia que descia pela garganta.

Aos nove anos, ela perdera o pai, o urso barbudo que a aninhava, cujos olhos brilhavam como estrelas quando viam a esposa, e era o primeiro a contar histórias, uma tradição à qual June dera continuidade depois que ele se foi. Naquele dia nublado, quando o enterraram, Esah estava muito magra e fragilizada, afinal havia perdido os pais e o marido num espaço de menos de três anos. Não tinha irmãos, e os parentes, distantes e bajuladores, se encontravam espalhados por todo o país.

Por isso, Esah arrumara suas coisas e se mudara com as filhas para Penang. Lá havia trabalho, e o mais importante era que ficava longe de Kuching, do outro lado do país.

— E os meus amigos? — perguntou June.

Na época, ela tinha 13 anos e muitos amigos. Também tinha professores que adorava, e havia cantinhos de Kuching que somente ela explorava. A sorveteria e a barraquinha de *cucur** preferidas também

---

* *Cucur*: pastéis malaios fritos em formato de disco. Uma deliciosa iguaria local. (N.T.)

ficavam naquela cidade. As paredes firmes da casa onde morava eram sua fortaleza quando tudo mais ao redor parecia desmoronar. Era a cidade do pai, e ele a havia criado lá. De coração partido e relutante, ela encarou a mãe.

Aisha fitava o chão, os próprios pés, e tudo que queria era o pai de volta. Ele teria feito alguma coisa. Teria bagunçado os cabelos de June, convencido Esah a desistir de ir embora e, com calma, encontrado um jeito de consertar as coisas, de melhorar a vida.

— Não consigo mais ficar aqui — disse Esah. Ela olhava inexpressivamente para a casa onde quisera passar o resto da vida. Era a cidade natal do marido, o lugar onde ele vivera e fizera isso tão bem. Fim da discussão.

Alguns meses depois, elas saltaram do táxi e encararam a casinha em Penang, pouco antes de Aisha completar 10 anos. Tinha dois andares e era muito quadrada, sem graça, como se tivesse saído do desenho de uma criança. As paredes eram azul-claras, e a porta de entrada, verde-limão. Na parte da frente havia um trechinho de grama seca e queimada. Em vez de cerca, uma tela de arame galvanizado parecia serpentear ao redor do terreno.

Aisha sentiu vontade de chorar, então enfiou o polegar na boca, um hábito que tinha largado havia muito tempo. June entrelaçou os dedos nos da irmã e a puxou para a frente.

— Não conseguirei… — disse Esah, petrificada, enquanto olhava fixamente para a casa. — Eu… eu simplesmente não consigo, não vou conseguir…

— *Nós* conseguiremos, *nós* vamos conseguir — replicou June, virando-se sem largar a mão da irmã.

Havia algo indescritível na sua expressão. Ela não parecia a mesma June com quem Aisha costumava brigar e ao mesmo tempo ouvir com tanta atenção durante toda a vida, a irmã que implorara à mãe para não se mudar e chorara em silêncio durante o voo todo até Penang. Naquele momento, June pareceu uma adulta, e Aisha não entendia o que tinha acontecido. Como a irmã havia amadurecido tanto?

— Estamos aqui com você, Mak. Um passo de cada vez. Vamos, venha — pediu June, enquanto puxava Esah com delicadeza pela manga. — Vai ficar tudo bem, você vai ver.

Esah também olhou para ela como se não a reconhecesse. June a convenceu a dar aquele primeiro passo e, então, o segundo. Em seguida, empurrou a tela de arame que fazia as vezes de portão, e as três entraram na casinha, a mala chocantemente cor-de-rosa de June seguindo atrás delas.

As Malas e a Casinha de Porta Verde-Limão

(presente)

Na manhã seguinte, Aisha desceu a escada fazendo barulho e encontrou Esah sentada à mesa da cozinha. Ela estava rodeada de caixas, a maioria com as abas ainda abertas, uma ou outra já bem fechada com fita adesiva. Aisha se lembrou do primeiro dia delas ali.

Naquele primeiro dia, June estava falante, de um jeito quase desagradável. Havia provocado Aisha várias vezes e feito perguntas a Esah sobre coisas que ela não precisava saber, o típico perguntar por perguntar. A mãe estava irritada e fragilizada, mas não muito triste, já que June parecia um furacão, correndo pelos cômodos e deixando as portas abertas.

— Isso vai ficar aqui mesmo? — perguntara June bem alto a Esah, equilibrando precariamente um pesado pilão na beira da pia.

— Tenha cuidado — avisara a mãe. — Se isso cair no pé da sua irmã... June, June!

Ambas estavam tentando ao máximo dar o seu melhor. Depois de tudo que havia acontecido, Esah passara a agir com certa frieza e indiferença. No voo para Penang, ficara boa parte do tempo olhando pela janela e, às vezes, parecia que não tinha feito outra coisa. Vinha sendo extremamente cautelosa com Aisha, mas rigorosa com June, de um jeito que elas nunca viram. Aisha não tinha permissão para ir sozinha até o parque, afinal Penang ainda era um local desconhecido. June fora proibida de subir em árvores com os novos amigos porque a mãe ainda não sabia a quem recorrer em caso de uma urgência médica, e sempre levava bronca quando se atrasava por mais de quinze minutos. Aisha dissera à professora que não poderia participar de um concurso de soletração que aconteceria numa cidade próxima. Elas olhavam para a mãe, sentada sozinha na cozinha, fitando as próprias mãos, e não reclamavam de nada do que era dito ou ordenado.

E, com todas as forças, June havia tentado, mas tinha apenas 13 anos. Seis anos depois, ela diria que estava *de saco cheio desta casa.*

As caixas estavam espalhadas pelo chão e por cima das superfícies na cozinha. Esah esfregou o dedo distraidamente sobre uma ranhura na mesa de madeira e perguntou a Aisha:

— Vamos levar o gato?

— O Pulguento? Ah, acho que sim, né?

— Creio que o Walter ficará feliz — disse Esah, sorrindo.

— Bem, então vão ter o que querem — replicou Aisha, referindo-se ao gato e ao namorado. Ela passou fita adesiva numa caixa, deleitando-se com o som alto e rasgado, e deu uma espiadinha dentro de uma outra: a maioria das coisas ali eram canecas, tigelas e pratos. — O que é tudo isso? — perguntou ao olhar para o conteúdo de algumas caixas que pareciam conter tudo que elas tinham naquela casa.

— Eu só… — disse Esah, fitando as caixas, distraída. — Só estou me preparando. Não quero… você sabe, se não tivermos tempo, prefiro ter tudo desta casa empacotado caso… — Ela acenou com a cabeça para todos os pertences. — Bem, não quero deixar as coisas largadas pegando poeira. É apenas por precaução.

— Apenas por precaução — repetiu Aisha, enquanto observava a mãe retorcendo a ponta de seu *tudung.**

— Você acha que nós vamos voltar? — perguntou Esah, ainda olhando para as malas e caixas.

Aisha quase respondeu *Não aposte nisso*. Em sua cabeça, a morte estava associada a mudanças, caixas e longas viagens pelo país, o que parecia apropriado, dadas as circunstâncias. Em vez disso, ela respondeu:

— Esta foi uma boa casa.

— Foi? — retrucou Esah. — Às vezes, acho que não foi. E por minha culpa.

Quando Aisha a encarou, a mãe retribuiu o olhar. Aisha não soube como interpretar aquela expressão facial — arrependimento, talvez, ou nostalgia. Houve então uma longa, silenciosa e bruxuleante interação entre mãe e filha, que foi interrompida por uma buzina.

* *Tudung*: lenço de cabeça ou véu usado na Malásia para cobrir os cabelos, pescoço e colo, deixando o rosto exposto. Similar ao *hijab* islâmico. (N. T.)

O Motorhome

(o começo)

Na cozinha, a mochila da mãe parecia mais pesada do que deveria. Respirando com dificuldade, Aisha a largou no chão, abriu uma frestinha do zíper para ver o que tinha dentro e se deparou com as receitas de uma vida inteira, escritas em vários cadernos, e com pesados livros de culinária.

— Está planejando cozinhar muito durante a viagem, Mak?

— Não banque a espertinha — disse Esah. — Dá ela pra cá. Não quero correr o risco de abandoná-los para sempre.

Com a mochila já nas costas, ela jogou a ponta do *tudung* para trás do ombro, abriu a porta e começou a puxar uma mala pelo pequeno trecho gramado. Aisha foi atrás da mãe.

Walter saltou de um veículo que mais parecia uma casa ambulante.

Aisha piscou até que os olhos se ajustassem à claridade.

O motorhome era todo grafitado e customizado; de um tom de verde superesquisito. Algo parecido com tentáculos vermelhos se espalhavam por uma das laterais. Dois olhos enormes, arredondados, no estilo dos desenhos japoneses, haviam sido pintados sobre os faróis.

A coisa toda era tão chamativa que o veículo parecia estar pegando fogo, inclusive bem mais chamativa do que se de fato estivesse.

— Que escolha interessante de transporte — disse Aisha, enquanto Walter se apressava para ajudá-las com as bagagens.

— Foi bem barato — comentou ele, pegando uma das malas e sorrindo para ela. — Meu pai comprou de um velho amigo.

Aisha não perguntou se o velho amigo era fã de mangás, mas estava na cara que era. Os pais de Walter saltaram do motorhome logo em seguida, acenando para elas.

— Esah, deixe-me ajudá-la com isso! — exclamou Elizabeth.

— Não, por favor, tia — intercedeu Aisha. — A mochila dela tá cheia de pedras dentro. Pelo menos é o que parece.

— Livros de culinária — corrigiu Esah. — Eu não tive coragem de abandoná-los — acrescentou, encarando Elizabeth.

— Sei *exatamente* como é — disse ela, fazendo um muxoxo e cara de quem também havia passado por isso, mas sendo simpática.

Em fila, Esah, Aisha e Walter embarcaram no motorhome, um de cada vez, e olharam ao redor. O interior parecia ao mesmo tempo caótico e aconchegante. Havia um canto muito agradável com um sofá-cama, decorado com almofadas estampadas e também umas verdes em formato de tentáculos; além disso, uma portinha levava ao que Aisha presumiu ser o banheiro, e tinha uma cozinha com micro-ondas e superfícies cheias de frutas: mangas, maçãs, bananas, laranjas e rambutões.

— Parece que a minha mãe não se ligou que só vai levar no máximo um dia inteiro de viagem — disse Walter, desculpando-se. — Na verdade, *meus pais* não se ligaram. — E acenou com a mão para o espaçoso interior do motorhome.

— Frutas nunca são demais — replicou Esah em tom de censura. Ela e Elizabeth trocaram um olhar de cumplicidade. *Crianças*... pareciam dizer. *Acham que sabem de tudo.*

— E espaço também não. Além disso, se é para viajar, que seja no conforto — disse Robert. — E trouxemos os três juicers, então... estamos prontos!

— Multiprocessadores, querido — corrigiu Elizabeth.

Walter depositou a mala de Aisha num pequeno compartimento e perguntou:

— Só isso?

— Quem me dera — respondeu ela. Foi então que se ouviu um miado alto ilustrando o sentimento de Aisha. Ela suspirou e se virou.

— Pulguento! — exclamou Walter, feliz da vida.

O gato havia trotado até lá fora e estava parado em frente à porta do motorhome, parecendo descontente por ter ficado por último, ou mesmo esquecido por um momento. Ele se sentou e ergueu a perna pelada para lambê-la majestosamente.

— Vamos, amiguinho — disse Walter, pegando-o com carinho e trazendo-o para dentro, pressionando-o contra a bochecha.

— Tem certeza? Esta é a última chance de não pegarmos pulga — protestou Aisha.

Elizabeth pareceu um pouco preocupada, mas o filho interveio:

— Não seja boba, Sha — disse para a namorada. E então para a mãe: — Olha, ele está perfeitamente limpo, se lambe o tempo todo. — Walter levou o Pulguento até o sofá e o colocou com cuidado sobre as bizarras almofadas.

Pulguento olhou desconfiado para tudo.

— Você não vai achar que eu sou boba quando ele estiver vomitando por todos os lados — retrucou Aisha, mas ninguém prestou atenção. — Ele parece ser do tipo que fica enjoado na estrada.

Robert fechou a porta e perguntou quem queria dirigir primeiro. Walter estava ronronando para o gato; Elizabeth estava mostrando à Esah seus belos mangostões, então Aisha fez contato visual com ele, prestes a dizer que aceitaria a missão.

Robert deu de ombros para ela e inclinou a cabeça para os demais, como se tivesse percebido que estavam se fazendo de desentendidos.

— Obrigado por se oferecerem com tanta animação! Eu fico com o primeiro turno — disse ele, piscando para Aisha, e indo para o assento do motorista.

O motorhome pegou com um solavanco, e o Pulguento miou, assustado. Da janela, Aisha observou sua casinha ficar cada vez menor conforme seguiam viagem.

Tinha sido ali que ela havia crescido. Esah estava ocupada com Elizabeth, então não estava olhando para a casa, contudo, Aisha a viu encolher, encolher... *Você acha que nós vamos voltar? É apenas por precaução.* Apenas por precaução, *apenas* por precaução. Tinha sido ali que ela havia crescido, bem ou mal. Tinha sido *sua* casinha por tanto tempo, quando Kuching já não podia ser. June tinha ido embora e Esah provavelmente não a considerava o seu lar. Aisha, porém, a observou diminuir de tamanho por muito tempo e sem piscar, sentindo uma dor bem no meio do peito; observou até não conseguir mais ver o verde-limão da porta. *Tchau.*

Esah, Elizabeth e Robert

(dois anos atrás)

Quando Esah foi conhecer os pais de Walter, ela estava se sentindo um pouco apreensiva.

— Eles são pessoas muito legais, Mak — disse Aisha, parecendo copiar o discurso do namorado. — Vão adorar você.

— Filha, mesmo que me adorem… — tentou explicar. Ela nem precisou terminar a frase, afinal, relações dessa natureza vinham com uma bagagem sociocultural pesada demais para serem tão simples quanto *Vão adorar você*, e tanto Esah como Aisha sabiam disso.

— Bem, eles *me* adoram — retrucou Aisha.

Esah olhou e sorriu com ironia para a filha. Em seguida, olhou para o espelho retrovisor, certificando-se de que o caimento de seu *tudung* estava direito. Elas saíram do carro e esperaram diante do portão.

Walter foi recebê-las.

— Tia! — exclamou Walter, eufórico, ao vê-las, como se aquela tivesse sido a melhor parte do seu dia. Ele pareceu surpreso ao se dar conta de que estava chovendo, então voltou em casa correndo para pegar um guarda-chuva.

Esah relaxou um pouco ao lado da filha.

Elizabeth Jelani, que usava um vestido de verão vermelho, disse da porta:

— Entrem, entrem, está chovendo demais!

Robert Gan foi mais rápido que o filho e apareceu com um guarda-chuva dos grandes, e Esah e Aisha se abaixaram para se proteger do temporal, uma de cada lado dele.

— Que pé-d'água danado, hein, meninas — disse Robert, apressado para voltar, e o comentário não pareceu ter sido feito apenas para quebrar o silêncio. Ele era o tipo de pessoa que pegava intimidade sem esforço.

Quando chegaram ao degrau de entrada, Elizabeth entregou a eles um monte de toalhas e, simpática, resmungou um pouco mais sobre o mau tempo. Ela os conduziu para dentro, e todos se reuniram na sala de estar — Aisha e a mãe num sofá, Elizabeth e Robert no outro, e Walter no banquinho do piano, observando as duplas com uma mistura de ansiedade e curtição. Esah reparou nas fotos dele sobre todas as superfícies, olhou para os pais do rapaz e sorriu.

Houve uns bons segundos de silêncio.

— Vocês não estão com fome? — perguntou Elizabeth.

— Mãe, pela hora elas já devem ter almoçado — respondeu Walter, no instante em que Aisha abriu a boca para dizer que sim, apenas para ser simpática, pois Elizabeth provavelmente estava oferecendo um lanche. Percebendo a gafe tarde demais, ele murmurou um pedido de desculpas exagerado, encolhendo os ombros. Ela balançou de leve a cabeça, sentindo a própria tensão se dissipar com a careta que ele fez.

— Eu fiz um bolo — insistiu Elizabeth, entusiasmada. — Vocês gostam de suco de manga?

Esah, que era exigente com frutas, disse imediatamente:

— Só se for carlotinha. — Brincou sorrindo.

— Sua mãe tem bom gosto — disse Elizabeth para Aisha, com os olhos brilhando. Ela então se levantou e as levou até a cozinha.

Esah olhou para a asseadíssima cozinha e sorriu ao ver mais fotos de Walter numa parede.

— É um Smeg? — perguntou ela a Elizabeth, apontando para o liquidificador.

— Você também tem um? — indagou a mãe de Walter, alegre.

— Ah, não, mas quero muito — respondeu Esah, olhando desejosamente para o eletrodoméstico.

— Acabei de comprar — declarou Elizabeth, animada. — Você pode ser a primeira a usar.

Naquele instante, Aisha pensou sobre aquela interação, lembrando-se de como elas estavam preocupadas, ao observar a mãe e Elizabeth debruçadas sobre a bancada. Ao que parecia, não havia motivo para tanto. No final, poucas coisas importavam: somente aquelas que eram de fato essenciais. Coisas como suco de manga carlotinha e o amor dos filhos.

Na Estrada

(presente)

Esah e Elizabeth ainda estavam sentadas na área da cozinha, jogando conversa fora sobre algo que parecia variedades de cenouras, e então Walter e Aisha se sentaram no sofá-cama. Era bastante macio e afundava confortavelmente, as almofadas eram uma distração à parte. Aisha virou uma delas e a estampa fez uma careta sinistra para ela.

Pulguento estava deitado no feixe de sol entre eles, ronronando de vez em quando enquanto Walter o acariciava.

Aisha observou o movimento suave e repetitivo, como o namorado tomava cuidado para evitar os pontos que instigavam o gato a morder, como a perna despelada e a barriga, que estava virada para cima. Walter tinha mãos hábeis; as unhas estavam sempre limpas e bem cortadas, os polegares eram ligeiramente longos. E assim, bem assim, a musculatura saliente do braço foi delineada pela luz da manhã.

Aisha desejou silenciosamente passar os dedos sobre aquelas mãos.

— Como você realmente se sente em relação a isso aí? — perguntou ela baixinho, fazendo um gesto com a cabeça e mudando de assunto só para reprimir o desejo.

— Se ele vomitar, eu prometo que limpo tudo — respondeu Walter, apertando os olhos com carinho para o esquisito gato, que o encarou, inexpressivo.

— Não estou falando do gato, mas *disso* tudo — explicou Aisha. — Dessa situação toda. — Walter olhou a tempo de ver o gesto vago que ela fez com a mão ao se referir ao motorhome, à viagem, à irmã desaparecida havia tanto tempo... — Sei que não tivemos chance de conversar melhor sobre isso.

Ele refletiu um pouco e as carícias no gato diminuíram. Pulguento aproveitou a oportunidade para bater nele com uma das patas, e Walter intensificou o carinho, olhando para longe como se realmente estivesse pensando no assunto.

— Como eu *realmente* me sinto? Estou animado — respondeu ele, por fim. — Acho que será emocionante. — Walter assentiu, como se tivesse tomado uma decisão sobre alguma coisa, os cabelos escuros caindo sobre a testa, e os olhos de um tom de castanho mais claro em contato com o sol, quase dourado. — Sabe, eu não achava que teríamos a chance de viajar antes de... bem, é... antes. E isso teria sido triste.

Aisha observou um pouco mais o gato e o namorado, e se perguntou *Por que a vida era tão fácil com ele ao lado?* Walter demorava para se decidir, mas sempre sabia o que sentia: incerteza, inquietação, alegria de viver. Às vezes, Aisha pensava que de fato não entendia os próprios sentimentos, como se de vez em quando houvesse uma dor que ameaçava se transformar numa tempestade, e ela não fazia ideia do motivo.

— Walter... — disse ela, vacilante. Tentou novamente, esforçando-se para dizer as palavras baixinho para que a mãe não ouvisse. — E se a gente não encontrar a minha irmã?

— Nós iremos — respondeu Walter, seguro e sem hesitação.

De repente, por alguma razão, Aisha se irritou, o que pareceu melhor do que a dor lenta e crescente. Walter não *sabia* de fato e, ainda assim, parecia ter certeza. E ele tinha muito poucas certezas.

— Você não tem como saber — insistiu ela.

Havia um milhão de lugares onde June poderia estar. Era possível que nem estivesse no continente. Como eles iriam fazer contato? Ela não tinha deixado nenhum número, não queria vê-las novamente.

— Tenha fé — disse Walter. — Afinal, você tem uma boa pista de onde ela está, e não desistiremos se não for o lugar certo. — Ele encolheu os ombros gentilmente para ela.

Tudo nele era gentil: o encolher dos ombros, os olhos, a forma com que fazia carinho naquele vira-lata mal-humorado e cheio de pulga que claramente odiava eles todos e o mundo.

— Me recuso a acreditar numa coisa que pode me decepcionar — respondeu Aisha, taxativa. — Nós *devíamos* desistir se não encontrarmos ela lá. Não podemos simplesmente continuar desperdiçando o tempo dos seus pais.

Walter olhou para a namorada, viu algo no rosto dela e apenas disse:

— Tudo bem. — E voltou a olhar para baixo e a fazer carinho no gato.

Aquela calma não ajudava em nada. Não ajudava Aisha nem a viagem. Ele vinha sendo muito gentil e compreensivo nos últimos tempos, raramente ficava irritado. Aisha desejou que ele se irritasse mais, que ficasse mais mal-humorado e debochado como antes, ela desejou que...

Não fazia ideia do que estava desejando. Por que iria querer que ele ficasse com *raiva*, que *sofresse* e sentisse uma tempestade dentro de si próprio também? Foi egoísta de sua parte, e a ideia de egoísmo somente a deixou ainda mais irritada. Havia um longo caminho pela frente, e Aisha não tinha certeza de que June, no fim, estaria lá.

— Para de fazer carinho nesse gato! — disse ela. — Vai mimar o bicho.

— É o que eu quero — respondeu Walter, de um jeito controlado e paciente, sem erguer o olhar.

— Não adianta se apegar — replicou Aisha maldosamente.

— Eu diria que adianta sim — discordou Walter.

— Não desperdice o seu carinho com um gato!

— Não existe limite para afeto — rebateu Walter por fim, agora com um pinguinho de aspereza e ainda sem olhar para ela.

Aisha se sentiu ligeiramente mal. Esse tipo de rispidez, essa irritabilidade sem limites, nunca tinha acontecido antes com ela. Só que agora havia a necessidade de... De quê? Ela não sabia. Não havia nada de diferente em Walter, então qual seria o motivo daquela agressividade constante e inflamada que tão de repente explodia?

Olhando pela janela, Aisha viu que eles não estavam a caminho da rodovia principal. Em vez disso, seguiam por uma estrada da qual se lembrava bem: uma que levava à ponte de Penang. Ela podia vê-la ao longe, alta e imponente, e a água abaixo, calma e azulada, brilhando à luz do sol.

— Para onde estamos indo? — perguntou, distraída o bastante para esquecer que estavam à beira de uma discussão.

Walter ainda não estava olhando nos olhos dela. Parou de acariciar o Pulguento, e Aisha desejou que ele não tivesse feito isso.

— Pedi ao meu pai para fazer uma parada.

O mar cresceu e cresceu. No fim do mundo, haveria um tsunami, mas por enquanto continuava normal, plácido, calmo e cintilante. As torres da ponte subiam e subiam, parecendo sólidas, indestrutíveis.

— Estamos indo pra praia — reconheceu Aisha. — A *nossa* praia!

— A menos que você não queira. — Walter soou neutro demais, como se estivesse a um abismo de distância, ainda olhando para baixo, fitando a pelagem feia e alaranjada do Pulguento. Seu rosto estava inexpressivo.

Aisha não sabia por que de repente foi tão difícil estender a mão e tocar a curva do ombro dele, iluminada pelos raios de sol. Ela queria fazer isso, mas não conseguiu.

— Eu quero — disse ela. — É claro que eu quero.

Walter encolheu os ombros, um movimento curto, e não disse nada enquanto o motorhome atravessava suavemente a longa ponte.

A Praia, Parte Um

(quatro meses atrás)

Foi uma manhã tão agradável…

Os resultados tinham saído na semana passada. As notas tinham sido ótimas e, de alguma forma, eles haviam cumprido todas as tarefas, por incrível que fosse, de um jeito ou de outro, e passaram de ano. Era o fim de um ciclo.

Eles foram bem no vestibular e iriam para uma universidade.

Uma nova vida estava se abrindo como um leque diante deles, bem como a estrada, a ponte se erguendo para encontrá-los com suas torres altas e sólidas.

Naquele início de tarde, Walter apareceu na casinha. Tinha enviado várias mensagens na noite passada. E agora chegara uma dizendo *Já tô aqui fora.* Aisha pegou a mão do namorado e entrou no carro, o ar-condicionado no máximo dando um descanso bem-vindo do sol escaldante. Seguiram por ruas e avenidas, ouviram hits dos anos 80 e debateram por um longo tempo sobre onde almoçar. Walter usava uma camiseta verde do Mestre Yoda e óculos escuros que escondiam seus olhos castanhos, mas Aisha sabia que eles estariam cor de âmbar sob aquela luz. Sabia que brilhavam, do jeito que ficavam quando ele defendia algo que amava, o que, neste caso, era um almoço de primeira.

Phil Collins cantou alguma coisa sobre não apressar o amor. Aisha, pensando no jeito que Walter apertava os olhos quando sorria, sentiu-se comovida com aquilo, mesmo enquanto ele fazia um monólogo de dezoito minutos sobre escolher sushi ou *nasi campur** para o almoço.

— Que tal um *char kuey teow*** — sugeriu Aisha finalmente, resignando-se ao grito de indignação dele por ela ter adicionado uma terceira opção.

Aisha fez carinho nos cabelos macios do namorado enquanto ele tentava encontrar uma vaga no estacionamento da praia. Ao descer do carro, procurou os dedos dele com a mesma mão, entrelaçou-a, e os dois caminharam enquanto o cascalho se transformava em terra coberta de galhos, em areia fofa e, então, em areia de praia de verdade, úmida e áspera. Havia bastante gente aproveitando as férias escolares — famílias besuntadas de protetor solar, com os filhos gritando, eufóricos de tanta felicidade, e construindo castelos de areia disformes; grupos de amigos na maior preguiça, deitados em toalhas de banho ou mesmo tirando uma soneca na beirinha, a água batendo suavemente em seus pés; e nadadores avançando em direção ao fundo.

O oceano se espalhava amplo e infinito até o horizonte. A água vinha e voltava, vinha e voltava.

Aisha usava um grande chapéu de sol com abas flexíveis bem enfiado na cabeça. Os cabelos, úmidos de suor, grudavam no pescoço e não se mexiam. Walter seguia de óculos escuros e segurava uma cesta de piquenique na outra mão. Ele olhou para o sol, aquela enorme bola de luz escaldante, e murmurou alguma coisa sobre estar derretendo.

---

* *Nasi campur*: prato indonésio cujo principal ingrediente é o arroz, acompanhado de pequenas porções de carnes, vegetais, amendoim, ovos e camarão frito. (N. T.)

** *Char kuey teow*: a comida de rua mais famosa da Malásia. É um prato preparado com macarrão de arroz salteado com alho, molho de soja, ovos, camarões, frutos do mar, cebolinha, linguiça e brotos de feijão. (N. T.)

Aisha observou uma gota de suor descer pela linha bem definida do pescoço dele antes de desaparecer na gola da camiseta. Ela foi atingida pela vontade súbita de estender a mão e segui-la com o polegar.

— Eu menti — confessou Walter. — Eu trouxe o nosso almoço.

— Você me fez ouvir aquilo tudo por nada? — questionou Aisha.

— Eu queria fazer uma surpresa. — Ele encolheu os ombros, o canto da boca se curvando num sorriso travesso. — Mas a gente pode comer *nasi campur* no jantar.

Aisha fingiu ficar chateada.

— Então não vou comer o meu *char kuey teow*?

— Não, mas isto aqui dentro é bem melhor — prometeu Walter, tranquilizando a namorada.

Eles encontraram um lugar um pouco mais afastado da multidão, perto das pedras grandes, e ele largou o cooler, estendeu uma toalha de praia e abriu-o. Em seguida, tirou maçãs, dois sanduíches de pasta de ovos e dois potes com *kolo mee*.

— Onde você conseguiu isso?! — perguntou Aisha. *Kolo mee* era um prato típico de Kuching, raro naquela parte do país, uma iguaria deliciosa e maravilhosa da qual Aisha sempre contava que sentia muita falta.

— Tenho as minhas fontes — respondeu Walter, sendo o mais enigmático possível enquanto suava em bicas e tirava com cuidado uma garrafa do que devia ser suco, uma cortesia do jardim da mãe.

Aisha contemplou a pele úmida e corada dele, as mãos hábeis em torno da condensação fria da garrafa.

— Às vezes, só às vezes… você é maravilhoso — declarou.

Walter deu de ombros, fingindo falsa modéstia, com um leve sorriso, mas parecendo satisfeitíssimo. Então, serviu o suco de laranja em dois copos de plástico e disse:

— Um brinde à universidade! E a finalmente ter decidido o que fazer. Bem… você já está decidida, mas eu ainda posso… mudar de ideia. Acha que eu deveria, Sha? Quer dizer, eu poderia enviar um e-mail para eles, né? Me lembra de fazer isso mais tarde? Eu…

As portas do mundo estavam escancaradas, tão abertas que Aisha quase teve medo de pensar nisso. Durante muito tempo, convivera com o cheiro de morte que assombrara sua casa e a frágil cautela da mãe se manifestando em regras rígidas. A universidade daria início a uma nova vida — ela faria novas amizades, curtiria lugares novos, visitaria Walter nos fins de semana e conheceria o mundo. Não seria mais sufocada pela dor, e esse era um pensamento tão bom que a fez se sentir culpada.

Aisha não queria deixar Esah, mas o mundo estava esperando por ela. Talvez tivesse sido esse o sentimento de June antes de partir. Mas, ao contrário da irmã, ela com certeza voltaria de vez em quando para casa, e se sentiria muito bem com isso.

Ela bebeu um gole do suco para comemorar enquanto assistiam ao vaivém das ondas. Assim como aquele momento deveria ser: interminável.

Eles se sentaram na areia e improvisaram uma barreira, Walter cavando um fosso cada vez mais fundo enquanto a água não parava de entrar. Suas risadas se transformaram em espuma, misturaram-se às de todos os demais enquanto eram engolidas pelas ondas.

— Pega um Magnum aí pra mim... — pediu Walter.

Aisha percebeu que o cooler não estava bem fechado, e Walter derramou o sorvete derretido na boca, estendendo a mão para tentar lambuzar a bochecha dela enquanto ela o afastava, às gargalhadas.

Aisha tinha acabado de tirar um cochilo e os dois estavam rindo quando a gritaria começou. Ela olhou ao redor, assustada. A princípio, não pensou em nada tão grande quanto tsunamis, mas em *ataque cardíaco. Alguém se afogando.* Mais pessoas começaram a gritar, as vozes emaranhadas numa espécie de coro estridente de tristeza e agonia, e então ela pensou, sim, que um tsunami estava a caminho. Pensou também em *bombardeio, colapso financeiro, tiroteio em massa.* Aisha estendeu a mão para Walter, que começava a se levantar, os olhos fitando a fuga desesperada. Sem olhar para a namorada, ele segurou a mão dela. As pessoas se levantavam às pressas, as crianças a tiracolo, as toalhas de piquenique deixadas para trás. As vozes estavam diminuindo.

— Acho que precisamos voltar — disse Walter calmamente.

Pegaram o cooler e caminharam de mãos dadas até o carro. Como se honrando um acordo tácito feito previamente sobre ficarem em silêncio, Walter estendeu a mão e desligou o rádio assim que o carro partiu. David Bowie foi interrompido logo quando começou a cantar sobre o planeta Terra ser azul.

O dia não mais parecia interminável. O mundo estava se fechando para Aisha.

Com o rosto pálido e as mãos trêmulas, Esah os encontrou diante da porta verde-limão.

A Praia, Parte Dois

(presente)

No estacionamento, Robert trancou o motorhome. O veículo parecia mais esquisito do que nunca, vermelho e verde de uma forma quase ameaçadora, com seus longos tentáculos. Aisha cutucou a mão de Walter com os nós dos dedos e entrelaçou-a na dela. Ele tinha facilidade para perdoar. Ainda mais sendo ciúme do Pulguento.

Os dois seguiram de mãos dadas pelo caminho. Depois de quatro meses, havia galhos, gravetos e vegetação morta por ali; decerto um trabalho com o qual alguém tinha parado de se preocupar. Walter se curvou uma ou duas vezes parar afastar um galho particularmente grande, até que por fim a terra deu lugar à areia fofa e, em seguida, veio a areia úmida e áspera.

Ainda havia algumas famílias sentadas na areia. O riso dos filhos já não era tão alto e estridente; talvez pudessem sentir os pais olhando para eles e lamentando todos os anos que não teriam pela frente para crescerem e se desenvolverem. De vez em quando, a molecada corria até o mar para pegar um pouco de água para seus castelos e voltava para despejá-la com vontade nos fossos. Os pais simplesmente os observavam em silêncio, com expressões sérias e atentas. Estavam guardando aquele momento na memória. Vez ou outra, eles se aproximavam e se abraçavam em busca de conforto. Aisha sabia como era o luto passivo, e o ar à beira-mar estava pesado por conta disso.

Ela precisou desviar o olhar. Sentia que não podia pensar sobre o assunto.

Uma nuvem passou, o sol se firmou e tocou a pele dela como se quisesse ali permanecer. Atrás deles, a uma curta distância, Robert, Elizabeth e Esah vinham pelo caminho coberto de galhos. Aisha se perguntou para o que eles estavam olhando: o mar, o céu ou os filhos?

— Faz um bom tempo que eu não venho aqui — disse Robert, semicerrando os olhos para o horizonte. Seu olhar estava muito, muito distante.

Elizabeth entrelaçou o braço no do marido, a brisa quente soprando seus cabelos lisos e macios no rosto, e disse baixinho:

— A gente costumava trazer o Walter quando ele era criança.

Aisha quase conseguia ver o que eles estavam vendo também: o filho aos dois, cinco, 10 anos, o sorriso largo e as mãos rechonchudas, construindo pequenas barreiras contra a água que teimava em subir e trazendo baldinhos cheios para os pais. Elizabeth desdobrando a toalha de piquenique, e Robert descansando confortavelmente numa toalha listrada de cores vivas, dizendo, com genuína seriedade, *Que trabalho impressionante, filho* para cada escultura do menino.

Talvez o primeiro filho de Aisha e Walter viesse a ser parecido com Walter quando era pequeno. Teria se chamado Amin — Arif, não, porque por enquanto o nome do pai dela ainda trazia consigo muita dor para que pensasse nele com frequência. Talvez herdasse os olhos castanhos, suaves, e os caninos tortos de Walter, e a maneira como ele a ouvia e a amava.

Esah costumava cruzar a ponte de Penang para levar as meninas até aquela praia durante as férias escolares. Passara muito tempo olhando distraída por cima do ombro de Aisha e sendo arrancada de devaneios quando a pequena chamava pela mãe, "Maaak!", ou apontava para um castelo de areia que havia construído. "Tô vendo, *sayang*, muito bem", ela dizia vagamente todas as vezes, sem de fato olhar. Ou isso ou ela discutindo intensamente com June sobre quais trajes de banho poderiam ou não ser usados na praia, a filha mais velha revirando os olhos e cerrando os punhos. Os primeiros anos não haviam proporcionado as melhores viagens.

Depois, aos poucos, foi melhorando, seus longos transes se tornando gradualmente mais curtos com o passar do tempo. As meninas ainda a flagravam quando ela ficava na janela da cozinha, mas, ao ser interrompida, Esah sorria e perguntava se elas estavam com fome. Nos fins de semana, ainda ficava deitada na cama, de lado, respirando de maneira controlada e ritmada, mas sempre se levantava e perguntava como havia sido o dia delas. Sempre fora uma mãe muito zelosa: nas viagens à praia, ainda brigava com June por se afastar demais da barraca e, com firmeza, dizia para Aisha só entrar na água até a cintura, mas ela estava lá, inclusive mais presente do que estivera desde Kuching. Os transes quase desapareceram com a partida de June.

June havia partido.

Esah não voltara a ficar de fato introspectiva, mas ficara mais quieta depois disso. Era menos rígida com Aisha, como se tentasse compensar o que havia feito June partir. Por sua vez, Aisha passava muito tempo em casa, tomando cuidado para não preocupar a mãe. Ela não ia mais à praia com a mãe.

Quando aparecera mais tarde com amigos e depois com Walter, Aisha decididamente não pensara mais naquelas viagens.

Aisha sabia que Esah também estava relembrando tudo isso. A mãe estava olhando para o mar de um jeito que ela conhecia muito bem.

— Mak — disse, a palavra aparecendo quase involuntária em sua garganta. Quando a mãe ergueu os olhos, Aisha pensou que ela olharia por cima do seu ombro novamente.

Entretanto, Esah apenas encarou Aisha com firmeza, a expressão complexa, os braços cruzados sobre si mesma, a ponta do *tudung* balançando com a brisa. Então disse, alto o bastante para que a filha pudesse ouvir:

— *Alhamdulillah.*★

Aisha não sabia se ela estava grata por ter reencontrado o mar, pelos preciosos meses que restavam ou pela oportunidade de, se Deus quisesse, encontrar June.

Os três foram em direção à beira, tirando os chinelos no caminho. Elizabeth estendeu delicadamente uma toalha na areia, onde ela e Robert se sentaram, e providenciou uma para Esah também. Começou a murmurar algo para ela sobre o clima e as ondas, do jeito gentil e tranquilo que Elizabeth sempre tivera.

Aisha e Walter deram as mãos e foram para o mar. Não disseram nada um ao outro até que a água chegasse aos tornozelos, aos joelhos e, então, à cintura. A mãe dela não gritou para que tomassem cuidado.

Aisha usava short e camiseta, não estava vestida para a praia, mas isso não a deteve. Na beirinha, a água estava morna, e eles continuaram andando, de mãos dadas, ofegando levemente com o choque e a força das ondas que traziam uma água mais fria.

Olhava para Walter em vez de prestar atenção no mar e para onde estavam indo. A pele dele estava suada, assim como os cabelos, despenteados na altura do pescoço, a boca entreaberta e a testa um pouco franzida. Os olhos castanhos contemplavam o horizonte.

Que bom. Eles poderiam ser uma bússola, lhes dizer para onde ir.

Algo dentro de Aisha ardia em brasa, não apenas pelo filho que poderiam ter tido — e que nunca iria à praia, e que nunca construiria um castelo com suas mãos rechonchudas —, mas por todo o restante: o futuro que estava tão próximo, ao alcance das mãos, e ao mesmo tempo impossível de ser alcançado. O filho deles poderia ter olhos brilhantes e talvez o tom exato de sua pele escura, as mãos lindas e fortes do pai, mas essa criança não passava de um sonho, ainda hipotético mesmo naquela época, antes do Anúncio, e ainda bem mais naquele instante.

Aisha havia vislumbrado tantas outras coisas que estariam à sua espera no horizonte… muitas delas claras e certas. O apocalipse fora

---

★ *Alhamdulillah*: "Graças a Deus", "Deus seja louvado". (N. T.)

anunciado bem na semana em que recebera o resultado do vestibular. Havia tirado as notas que precisava para entrar na universidade que mais queria. Havia a chance de uma vida sem sofrimento. O mundo... o mundo era tão...

A água batia na altura do peito, e então eles pararam. Os dedos dos pés dela tentavam se enganchar na areia macia do fundo. Cada vez que uma ondulação surgia, Aisha flutuava momentaneamente.

— Seja boazinha com o Pulguento — pediu Walter, por fim se virando e olhando para ela.

— Walter — disse Aisha, o peito apertado. Talvez fosse a pressão da água?, não fazia sentido, pensou ela, ou a infinitude do mar.

— Eu sei — replicou ele, segurando a mão dela.

Aisha se perguntou se ele sabia, o que ele sabia... porque parecia que ela mesma não fazia ideia.

— Walter — disse novamente, pois sentiu que era importante; no entanto, não havia mais palavras em sua garganta. Em vez disso, surgiu uma lembrança sensorial daquele último dia na praia, com a mão dele entrelaçada na dela, pronto para enfrentar a notícia, por cima da marcha do carro, por cima dos gritos, segurando firme. Mesmo ao lado dela no mar, de alguma forma ele parecia muito distante, a milhões de quilômetros.

Walter ainda estava segurando firme.

Ipoh

(presente)

Pulguento se encolheu e foi se esconder quando eles voltaram ainda pingando. Robert foi para o assento do motorista, alongando-se e estalando os dedos em preparação para a estrada à frente. Aisha pegou algumas roupas e uma toalha e foi ao banheiro jogar uma água no corpo e se trocar. Assim que ela saiu, Walter entrou. Depois de apontar os dedos molhados para o Pulguento a fim de provocar uma careta no gato, Aisha se sentou ao lado dele. O gato tentou pular no colo dela mais de uma vez, e de tanto insistir ela acabou deixando, pois prometeu a Walter ser mais gentil com Pulguento.

De perto, a cor até que não era tão horrorosa — havia pequenas manchas marrons e até mesmo douradas misturadas ao alaranjado de curry rançoso —, mas o bicho ainda se esticava de um jeito bem desagradável no colo de Aisha, batendo com a cabeça na mão dela em busca de coçadinhas.

— Ainda não chegamos a esse nível de intimidade, certo? — disse ela. — Não seja abusado. — Aisha então pousou a mão sobre aquele corpinho quente, mas, com muita determinação, não cedeu às exigências.

O motorhome serpenteava ao deixar Penang, e o peso do Pulguento *até que era* confortável, porém a imagem era desagradavelmente colorida.

Esah e Elizabeth também estavam sentadas no sofá, na outra ponta. Elizabeth contava a Esah para onde estavam seguindo e falava por alto sobre uma antiga casinha, uma história que soava muito estranha.

Aisha dormia e acordava, sonhando com o que parecia ser a casinha delas, voltando e abrindo a porta de entrada. O motorhome balançava sem parar.

De repente, ela acordou com um solavanco e percebeu que estava babando de leve no ombro de Walter, que havia se sentado ao seu lado enquanto ela estava cochilando. Às pressas, Aisha esfregou a boca com as costas da mão e olhou para o namorado, mas ele também estava tirando uma soneca, a cabeça balançando suavemente com os movimentos do veículo. Cansada, Aisha registrou o conforto de ele estar ali ao lado dela, irradiando calor, todos os seus familiares contornos de alguma forma suavizados pelo sono. Ele estava tão pertinho...

Se estivessem sozinhos, Aisha com certeza teria estendido a mão para acariciá-lo. A curva do queixo, talvez, ou a lateral do pescoço. Faria qualquer coisa para, sabe, se aproximar ainda mais.

Em vez disso, ela olhou pela janela e viu que o sol ainda estava fortíssimo. A estrada havia mudado, encolhido, se transformado em algo mais estreito, e as vitrines das lojas pairavam como quadradinhos coloridos emoldurando a rua. Aisha queria manter os olhos abertos para observar como a paisagem urbana vinha mudando ao seu redor, mas eles já estavam se fechando novamente.

Ela acordou de vez quando Elizabeth exclamou:

— Walter, olhe!

Ele se mexeu, sonolento, ao lado dela, e inspirou fundo, dando sinal de vida. Moveu-se de um jeito modorrento, muito parecido com o de um gato, e perguntou:

— Onde estamos?

Aisha esfregou os olhos com as costas da mão e espiou. Viu que estavam estacionados em frente a uma casinha. Entretanto, não ficava em Penang, claro, e a porta de entrada não era verde.

— Esta foi a sua primeira casa — disse Elizabeth, prestes a sair do motorhome. Robert já estava esperando pela esposa do lado de fora, então ela pegou a mão do marido e desceu.

Walter se levantou devagar e sorriu para Aisha.

— Sha, olha isso, vem ver — chamou.

Eles estavam na cidade de Ipoh, onde ficava a primeira casa da família, a única parada que queriam, ou precisavam, fazer.

Todos desembarcaram. Iluminada pela luz do final de tarde, a casa em frente à qual estavam estacionados tinha na entrada uma placa desbotada que dizia VENDE-SE. O portão estava quase todo coberto por trepadeiras sinuosas, e o que parecia ser uma futura árvore crescia da janela do primeiro andar, os galhos se estendendo, pelados, no ar. A residência tinha dois andares, e vinhas verdes e determinadas haviam ocupado completamente o restante das paredes, então era difícil ver boa parte da fachada em si. O que restava da tinta estava desbotado e descascando, uma combinação estranha de tons amarronzados, verde-musgo e do que poderia ter sido um amarelo suave. Robert e Elizabeth olhavam para ela como se fosse um castelo.

— É tão estranho ver tudo isso de novo — comentou ela com uma admiração contida. — Nós nos casamos aqui. Uma cerimônia na velha choupana e outra aqui, nesta casinha.

— Parece ótima, mãe — comentou Walter, semicerrando os olhos —, superacolhedora. Podemos entrar e ver meu antigo quarto?

Ela deu um tapinha leve na cabeça do filho.

— Você deveria ter visto no dia do nosso casamento — disse ela. — Tinha acabado de ser pintada, e havia muita gente. Seu pai ficou todo satisfeito. Estávamos duros, mas conseguimos pagar tudo sozinhos, com as nossas economias.

— Você deveria ter visto este lugar quando o trouxemos da maternidade — disse Robert. — Foi quando finalmente virou um lar.

— Foi quando tudo virou uma bagunça — corrigiu Elizabeth.

— Como eu disse, foi quando finalmente virou um lar — repetiu Robert com carinho, puxando-a para perto dele.

Eles olharam juntos para cima, perdidos em suas próprias lembranças.

Aisha olhou para a mãe, que fitava a janela que continha os galhos errantes da tal futura árvore, que se estendiam para o céu. Quando o assunto era casa, Aisha não pensava mais em Kuching, mas no caso de Esah... Será que a casinha delas em Penang, a casa da filha mais nova pelos últimos nove anos, alguma vez também lhe pareceu um lar?

Ou será que sempre fora aquela primeira casa em Kuching, para onde levara primeiro June e depois Aisha; onde beijara a mão de Arif e o aceitara como marido quando os pais a entregaram; a casa onde ele havia morado e falecido? E vivido — ah, como ele vivera bem, tão bem que tudo o que viera depois, para Esah, devia ter parecido uma versão sem graça da vida. O que acontecia quando alguém que fizera de uma casa um lar para a pessoa amada não estava mais presente para dar continuidade a isso?

— Não me lembro de nada — disse Walter, pensativo, parado na calçada, olhando para a mesma janela. Quando bebê, seus pezinhos tocaram aquele chão, e talvez ele tivesse caído várias vezes, se apoiado com as mãos gordinhas e os joelhos ralados. O pensamento se enroscou na mente de Aisha como algo inesperadamente precioso.

— Nós nos mudamos daqui quando você tinha três anos.

— Eu gostaria tanto de ter algumas lembranças desta casa, mãe... — replicou Walter, olhando para os pais em vez de para a casa. Aisha entendeu perfeitamente esse sentimento.

Elizabeth encolheu os ombros.

— Construímos outras lembranças. Está tudo bem se você não lembra.

Seu braço se estendeu para puxar o filho, e os três olharam para a casa, que estava ali, descascada e velha, uma construção inteira como testemunho da vida que eles um dia tiveram.

E Esah? Será que teria construído novas lembranças positivas? Ou todas as boas haviam se formado antes? Seus amorosos pais;

o casamento; os anos tão felizes com Arif. O que viera depois? Seu aniversário de 44 anos, uma das lembranças preferidas com Aisha — ambas cozinhando sem se preocupar com a bagunça, assando bolos o dia todo. A formatura de Aisha no auditório da escola, onde Esah a aplaudiu de pé. O primeiro quadro de June sendo vendido, e a mãe abraçando-a forte de tanto orgulho.

Talvez tudo de que ela se lembrasse da vida depois de Kuching fossem coisas que ela preferia esquecer: June saindo escondida e voltando para casa cada vez mais tarde da noite à medida que os anos passavam, e Esah ficando mais e mais exasperada com isso, sua voz se tornando progressivamente mais severa; ela, sozinha, sempre buscando Aisha na escola, nas atividades extracurriculares e no treino de badminton; andando pelas ruas de uma cidade onde jamais planejara envelhecer, e olhando pela janela de uma casa que era para nunca ter sido seu lar.

Aquela casa lá em Penang havia sido onde Aisha morara, pelo menos até hoje de manhã, havia sido a vida dela. Olhando para a primeira casa de Walter, bela, porém em ruínas, ela decidiu que era cansativo demais sentir culpa por isso. Havia crescido em Penang, e a maioria dos seus amigos estava lá. Tinha professores que amava, badminton à noite e uma colina de estimação onde se sentar e assistir ao pôr do sol.

Talvez tivessem sido os piores anos da vida da mãe. E talvez Esah até viesse a ficar feliz se nunca mais voltassem.

Aisha tinha tantas lembranças de lá, boas, ruins e tudo mais. E essas lembranças pertenciam a ela. Afinal, para Aisha, havia sido, sim, um lar.

Uma Breve Conversa

(presente)

Walter estava lendo *Os filhos de Húrin*, na tentativa de terminar as obras de Tolkien como parte da sua lista de desejos, que se estendia por várias páginas e incluía coisas atualmente impossíveis, como montanhismo e mergulho em águas profundas, mas ainda assim ele riscava itens com frequência.

Aisha, que por pura teimosia se recusou a falar sobre qualquer lista de desejos, estava tentando catar pulga no Pulguento do jeito correto. Ele se contorcia enquanto ela o erguia no ar, e chutava com as patas traseiras.

— A Aisha teve icterícia — revelou Esah a Elizabeth, ambas sentadas novamente à mesa da cozinha. — Ficou toda amarela, tadinha.

Elizabeth sorriu depois de dar um gole numa caneca.

— O Walter tinha muita cólica e chorava que nem um louco.

— Ah, sim, o choro — replicou Esah. — Acho que, em certo momento, até tentei suborná-la com todo o dinheiro que eu tinha só para que parasse.

— Eles não fazem ideia, né? — disse Elizabeth, balançando a cabeça na direção do casal.

— Tive mais sorte do que a maioria — afirmou Esah. — Eu tinha a minha *mak* para assumir o controle quando a coisa desandava. Quantas vezes liguei para ela, aos prantos, simplesmente exausta. Ela vinha e eu desmaiava no sofá por horas a fio.

— Ah, eu também — assentiu Elizabeth. — Telefonava para a minha *indai** à meia-noite perguntando coisas como *ele está encatarrado demais, o que eu faço?* Enda aku nemu,** *consegue ouvir daí?, o peito está chiando tanto*... Ela sugeria um remédio, um tratamento fitoterápico caseiro, e eu só ia dormir depois de ouvir o Walter respirando perfeitamente bem. — A voz dela era carinhosa, e ela sorria, covinhas marcadas e caninos à mostra. — Eu não teria sobrevivido sem ela. — Então fez uma pausa. — Sinto falta dela todos os dias. Quer dizer, eu ainda sinto a presença dela, sabe? Em espírito.

Esah, que nunca contara aquilo às filhas, que jamais havia expressado abertamente sua dor, seus padecimentos, pelo menos não que Aisha se lembrasse, pelo menos não desde que elas fizeram as malas e se mudaram para a casinha com porta verde-limão, disse:

— Eu também. Sinto muita saudade da minha.

Um breve silêncio tomou conta da mesa. Esah bebeu um gole discreto da caneca que segurava.

— O nome do Walter é em homenagem ao meu avô, e isso deixou a minha mãe muito feliz — revelou Elizabeth, compartilhando a informação como se fosse um presente.

— O da Aisha é em homenagem à minha mãe — revelou Esah, antes de continuar: — Já o da June... foi porque eu sempre gostei do nome.

Aisha ainda estava distraída catando o Pulguento, ouvindo a conversa, mas fez uma pausa naquele instante. O gato percebeu a oportunidade e se livrou dela, caindo pesadamente no chão com um "miau". Esah não pareceu notá-lo.

---

* *Indai*: "mãe" em iban; geralmente usada na Malásia, Brunei e Indonésia. (N.T.)

** *Enda aku nemu*: "Eu não sei (o que fazer)." (N.T.)

— É um belo nome — disse Elizabeth gentilmente, em um tom parecido com o do filho quando dizia essas coisas.

— Ela era um bebê tão lindo... — comentou Esah depois de um momento, os dedos apertando com firmeza a alça da caneca.

— Acredito. Precisa nos mostrar fotos um dia, viu? — sugeriu Elizabeth, o tom de voz ainda muito gentil.

Esah disse calmamente:

— Eu trouxe algumas.

Elizabeth assentiu em sinal de aprovação.

— As pessoas sempre questionavam o motivo de eu mandar revelar, mas eu mesma nunca — contou Esah, certa de que estava fazendo a coisa certa. — Sempre falei que as fotos precisam ser físicas, duradouras, você pode pegá-las e vê-las, além de serem transmitidas por gerações e gera... — Deteve o final da ideia. — Opa! — continuou, a exclamação soando inadvertida, e Walter deixou o livro de lado. Ninguém disse nada por um bom tempo.

Foi então que um ruído agudo, que poderia ter sido positivo ou negativo, vai saber, escapou dos lábios de Elizabeth.

— Bem, transmitidas por mais oito meses, de qualquer forma. — E então a mãe de Walter prosseguiu, com certa amargura, coisa que Aisha jamais havia presenciado. — Carregamos esses bebês por mais tempo do que isso.

Esah estendeu o braço sobre a mesa para tocar a mão de Elizabeth, e concordou. O momento durou, perdurou e doeu, uma tristeza imensurável. O fim estava se aproximando ameaçadoramente.

Elizabeth fez um gesto com a cabeça, furioso e severo.

— Prefiro até esquecer, minha amiga... Foram os dezoito meses mais desconfortáveis da minha vida — disse Esah para Elizabeth, de forma jocosa, sorrindo, para tentar dissipar a nuvem cinza que surgiu. Então, olhou para a filha e revelou: — A maneira como você pressionava a minha bexiga... E os meus tornozelos?! A dor nas costas nunca passou, sabia? Eu não conseguia posição para dormir nem para me sentar.

Ela continuou com a lista de mazelas por alguns minutos, até que Elizabeth levantou a cabeça e disse:

— O Walter me fez acreditar que ele estava nascendo umas três vezes pelo menos. Eu sempre tinha que ir ao hospital.

— Toda essa loucura… — replicou Esah. — Bem, acho que no final tivemos bons filhos.

— Dão pro gasto — disse Elizabeth, que acreditava no amor incondicional, mas não em elogios excessivos, principalmente na presença do filho.

— Obrigado pela parte que me toca, mãe! — indignou-se Walter, revirando os olhos dramaticamente, tudo para se exibir.

Os músculos do pescoço ainda estavam tensos. Aisha quis poder apertar a mão dele, mas parecia fisicamente incapaz de estender a mão para isso.

Elizabeth sorriu para o filho e pareceu mais sincera.

— Você sabe, eles farão o que bem entenderem — disse ela para Esah. — A gente pode dizer o que quiser, mas eles seguirão o próprio caminho. A certa altura, tudo o que poderemos fazer será dar o nosso apoio.

Depois do primeiro encontro com os pais de Walter, Esah visitara a casa deles várias vezes. Falar sobre frutas e beber suco era a desculpa que as amigas tinham para se verem. Ela também recebia Walter com frequência, e eles conversavam sobre culinária na cozinha enquanto Esah assava algo. No final, nada mais importava. As famílias não tinham a mesma origem, ambas eram de países que tinham uma longa história, mas estavam construindo a própria e confiando em seus filhos para fazerem o mesmo, porque os amavam mais que tudo.

— Isso é o que significa ser mãe, ser pai — continuou Esah. — A vida dos seus filhos será diferente da sua, e tudo que você deve fazer é sempre estar ao lado apoiando, estar presente.

Naquele instante, pareceu que elas estavam falando sobre outra coisa. Talvez de várias outras coisas, ou de um futuro que não iria existir. Esah disse *estar presente* de um jeito um pouco incerto, desacostumada com isso, mas, quem sabe, Aisha tivesse entendido errado.

A mãe tinha estado ao seu lado, sempre presente. Durante toda a vida, na verdade. A mãe havia sido a presença mais constante.

Contudo, era uma pena, pensou Aisha, que durante boa parte daquele tempo, dos últimos tempos, Esah não tivesse estado de *corpo e alma*.

Kuala Lumpur

(presente)

Kuala Lumpur havia se tornado uma cidade superurbana, vibrante, com seus arranha-céus e *kampungs*,* outdoors dinâmicos, arquitetura colonial e "expatriados" vivendo em apartamentos suntuosos ao lado de "imigrantes" amontoados em cortiços. O tráfego fervilhava, as luzes vermelhas e amarelas dos carros sempre brilhando e piscando, mesmo nas madrugadas, enquanto a metrópole estava em constante construção, desenvolvimento e progresso.

Contudo, naquele momento, as ruas estavam vazias. Os enormes edifícios do Centro da cidade pareciam abandonados: alguns davam a impressão de receber de braços abertos trepadeiras invasoras em troca de um pouco de companhia. A maioria das pessoas ficavam quase o dia todo em casa com suas famílias, haviam voltado para seus estados natais ou tinham ido viver junto, em casas maiores e mais afastadas dos centros urbanos, onde um novo modelo de comunidade se multiplicava. Praticavam permuta e escambo, implementando uma nova forma

---

* *Kampungs*: termo usado na Malásia tanto para vilas tradicionais como para favelas e guetos em cidades grandes. (N. T.)

de cooperativismo. O conceito de aluguel já não se aplicava mais; sendo assim, todos aqueles lindos prédios ultramodernos, elegantes e cheios de apartamentos de luxo foram desperdiçados.

Esah era quem estava dirigindo. Tinha convencido Robert a descansar, e ele estava deitado no sofá-cama, roncando baixinho.

— Isso vai bagunçar seu relógio biológico, seu bobo — disse Elizabeth para a cabeça adormecida do marido. Sentada ao lado, passou a mão de leve nos cabelos dele. Pareceu um momento tão íntimo que Aisha precisou desviar a atenção.

Walter estava olhando pela janela, então Aisha o observou, a expressão da boca carnuda e o olhar concentrado do namorado, como se ele estivesse tentando guardar a cidade na memória. No bairro onde agora se encontravam, as luzes da rua brilhavam com certa palidez, o que dominava eram os becos escuros. Foi muito estranho ver as silhuetas sombrias das Torres Petronas contra o firmamento. Kuala Lumpur outrora fora considerada uma meca do turismo, do progresso, da cultura e das oportunidades. Ao ver tudo aquilo tão silencioso, ninguém conseguia escapar do fato de que o fim já estava acontecendo: real, palpável, presente e próximo. Aisha desviou o olhar.

Os faróis iluminaram um enorme portão aberto e uma placa que parecia familiar para a motorista.

— Mak, vamos fazer uma parada na sua universidade? — perguntou Aisha.

— Eu queria fazer uma surpresa pra você — disse Esah.

Elizabeth sorriu para Aisha.

Os faróis iluminaram um campus que mais parecia um pequeno bairro planejado: calçadas estreitas que levavam a prédios onde as aulas aconteciam, entre muitas árvores frondosas que floresciam e extensas áreas livres, como grandes parques, com um triste ar de abandono. Esah dirigiu até chegar a uma placa em frente ao prédio da faculdade de Letras onde se lia *Fakulti Sastera dan Sains Social.** Em seguida, ela parou o motorhome e disse:

* *Fakulti Sastera dan Sains Social*: Faculdade de Letras e Ciências Sociais. (N.T.)

— Vamos?

— Isso me lembrou a cena de abertura de um filme de terror — comentou Aisha, saltando mesmo assim do motorhome.

Ainda havia pequenos postes de luz acesos ao longo da entrada, mas eram principalmente os faróis que iluminavam a frente do prédio.

Esah tocou a placa com os dedos e disse:

— Foi aqui que eu conheci o seu pai. Neste prédio.

— O Pak? — reagiu Aisha. Ela sabia que eles haviam se conhecido na faculdade, mas não sabia onde exatamente nem quando. Poderia saber bem mais se ele tivesse falecido alguns anos mais tarde. Até a morte dele, Aisha tinha ouvido apenas fragmentos de histórias do início da vida a dois e piadinhas internas, mas jamais pensou em perguntar detalhes, porque era muito nova. Não lhe ocorreu que o pai morreria prematuramente e a mãe, com o tempo, expurgaria a vida da família de praticamente toda e qualquer história sobre ele, tornando-se fria, vazia e introspectiva.

Entretanto, agora Esah estava se abrindo:

— Foi no meu primeiro dia de aula. — Ela olhava para o prédio como se pudesse enxergar através das paredes e dos anos, até o anfiteatro lá dentro, em 1983. — Ele me perguntou se eu tinha entendido alguma coisa. Respondi que sim e que ele então deveria prestar mais atenção da próxima vez. — O canto da boca de Esah se curvou, uma breve contração que mais parecia um eco de felicidade do que felicidade genuína.

Aisha ficou quieta, em total silêncio, afinal qualquer barulho poderia quebrar o encanto.

— Antes de vir para a faculdade, eu prometi a mim mesma que o meu foco seria integral e que eu não iria me deixar distrair por nenhum garoto. Mas ele estava sempre por perto e fazia parte do meu grupo de amigos, almoçávamos e conversávamos sobre as aulas, caminhávamos juntos ao redor do lago e não pude evitar de conhecê-lo melhor. E uma vez que o conheci melhor… bem… você já sabe do resto.

Esah tocou na placa mais uma vez. Falava com pouca emoção, mas com muita naturalidade, como se essa não fosse a primeira história que ela contava sobre o pai de Aisha nos últimos anos. Como se, quando estava distraída, nunca tivesse deixado escapar fragmentos de informações sobre Arif — o que acontecia com muita frequência apenas nos primeiros anos que sucederam a morte dele —, e relatos brevíssimos simplesmente caíssem, do nada, no colo da filha.

— Eu queria me casar com ele. Então voltei para casa ao fim do quarto ano e comuniquei aos meus pais que "bem, ele está vindo conhecer nossa família para... *merisik*".* E eles riram e disseram algo como "quer dizer então que você chegou em casa com um diploma *e* um noivo debaixo do braço... as mulheres hoje em dia, hein, quem diria, *podem* ter tudo". — Em seguida, ela abriu um sorriso largo, perdida na lembrança.

Aisha mal se atrevia a se mexer.

— Seu pai amava muito você, *sayang* — disse Esah, ainda encarando a placa, sem olhar para a filha, e usando aquela voz cujo tom beirava o casual. — Eu sei que não lhe digo isso o suficiente.

As palavras na garganta de Aisha variaram de *sinto muito que a gente tenha perdido esse tipo de amor* até *por que você não me conta mais nada?*, e ela não sabia qual das duas frases escaparia dela, então permaneceu em silêncio. Esah se afastou da placa e abraçou a filha, um abraço breve porém forte, e caminhou em direção ao motorhome. Aisha não conseguiu ver o rosto da mãe.

— Chega de ficar olhando prédios — disse Esah, decidida. — Vamos voltar para a estrada.

---

* *Merisik*: "Dar uma olhada, uma espiada, uma sondada." (N. T.)

Uma Breve Conversa sobre Perdão

(presente)

Eles jantaram o que Elizabeth e Esah haviam trazido de casa — *ayam pansuh,** *pucuk paku*** e muito arroz —, contemplativos, sentados à mesa da cozinha, sentindo-se cansados.

Às vezes, tudo aquilo parecia irreal. Na verdade, essa era a impressão o tempo todo, afinal, depois do momento em que se acordava, depois do espaço entre não lembrar e se dar conta, como é que alguém poderia aceitar plenamente aquela realidade? Que tudo estava acabando, inclusive todas as pessoas que um dia se conheceu e se amou?

Algumas enlouqueceram com isso, rasgando as roupas e vagando sem rumo pelas ruas, incapazes de aceitar o fim. Outras, também incapazes de aceitar a ideia, fizeram com que o fim chegasse mais rápido para si mesmas.

Quando Aisha pensava no ato de aceitar, em *assentimento, anuência, concordância* — o que tentava não fazer na maior parte do tempo e,

---

* *Ayam pansuh*: prato típico da Malásia: frango, broto de bambu, especiarias e folhas de mandioca, tudo cozido dentro de um bambu. (N. T.)

** *Pucuk paku*: verdura típica da Malásia. (N. T.)

quando o fazia, era sempre de um jeito muito abstrato, quase acadêmico —, ela se perguntava principalmente o que o pai havia sentido ao vislumbrar e enfrentar o próprio fim. Teria sido tão difícil de acreditar? Teria ele se sentido tão entorpecido? Ou será que o fato de que o mundo que ele conhecia seguiria girando, e de que a mulher e as filhas, tão amadas, continuariam a viver, lhe dera mais conforto do que o que todos ali tinham que enfrentar naquele momento? O fim de tudo, e ponto final!

Às vezes, bem às vezes, Aisha pensava sobre isso, de maneira distante, mas na maior parte do tempo ignorava, da mesma forma com que não pensava na lista de desejos de Walter.

Eles terminaram o jantar, e Robert disse:

— Bem, temos duas opções: continuar dirigindo agora e chegar no meio da madrugada, ou encerrar por hoje e pegar a estrada pela manhã.

Walter e a família olharam com expectativa para Esah e Aisha.

— Seria difícil encontrar alguma coisa tão tarde assim — opinou Aisha, olhando para a mãe.

— E estamos todos exaustos. Outra viagem longa provavelmente não seria a melhor ideia. Creio que por segurança… — Esah olhou para o bocejo de Robert, para as olheiras levemente escuras de Elizabeth, e disse: — Vocês foram tão gentis. Eu não sei como serei capaz de retribuir o que…

— *Udah** — disse Elizabeth, casualmente. — Não precisamos falar sobre mais nada, a não ser onde todos vamos dormir.

Por fim, elas insistiram para que os pais de Walter ficassem com o sofá-cama. Walter se deitou no outro sofá, o menorzinho, e Esah e Aisha se revezaram para inflar o colchão de ar e se cobriram com um cobertor. Pulguento pulou no sofazinho para se aninhar ao lado dele. Aisha podia ver olhos felinos brilhando na penumbra, vigilantes.

— Então… Boa noite — desejou Walter carinhosamente.

---

* *Udah*: expressão equivalente a "que bobagem", ou "deixe de bobagem". (N.T.)

Aisha ansiava por se enroscar nele, mas apenas tocou na mão pendurada do namorado. No escuro, era mais fácil.

— Boa noite — respondeu ela.

— Vai ficar tudo bem — disse ele.

— Você não tem como saber — replicou ela, sem maldade, e completou, caso ele pensasse em fazer justamente o contrário. — Durma um pouco.

— Sim, senhora — assentiu Walter, mais como um suspiro cansado do que qualquer outra coisa.

O cochilo que Aisha havia tirado de tarde tinha sido longo o bastante para dificultar seu sono. Ela tentou ficar imóvel porque o colchão de ar produzia um ruído quando alguém se mexia, mas então ouviu um barulho, e não era ela quem o estava fazendo. Esah se ajeitou mais de uma vez, o corpo quente, inquieto. Estava acordada ao lado dela e por fim murmurou bem baixinho para a filha:

— Já dormiu?

— Não.

— Acha que a sua irmã vai me perdoar? — questionou abertamente, a interrogação pairando no ar da noite, nua e crua, entre mãe e filha.

Alguma coisa dentro de Aisha congelou com a pergunta que a mãe tinha acabado de fazer — como se fosse uma pergunta comum no dia a dia delas —, sentindo que era algo que Esah vinha tentando perguntar havia um bom tempo. Talvez por ter ficado em silêncio quando o assunto era a partida de June, do mesmo jeito que ficou após a morte do marido. Como se, alguma vez, ela tivesse indicado nos últimos três anos que talvez precisasse ser perdoada de alguma forma pela filha mais velha. Como assim? Ser perdoada pelo quê?

Esah havia melhorado, ou pelo menos estava melhorando, pouco antes de June ir embora e mesmo depois da partida. Conversava com Aisha sobre culinária e sobre a escola, e Aisha não se preocupava mais em voltar para casa e se deparar com o olhar vazio da mãe. Entretanto, Esah nunca tocava no assunto *as pessoas que perdi*. Aisha não sabia o que dizer naquele momento. Sentia-se vazia de palavras e entorpecida, porque realmente não queria pensar no assunto. De um jeito abstrato, pensou sobre como era injusto da parte de Esah trazer à tona algo do tipo depois de todo aquele tempo e esperar que Aisha soubesse o que dizer.

— Não sei — respondeu ela honestamente. — Como eu iria saber?

Aisha não sabia se June perdoaria a mãe, assim como não sabia se Esah havia feito algo que precisava ser perdoado… não tinha sido a irmã que deliberadamente se afastara? Ela não entendia por que a mãe estaria buscando o perdão de June… se ao menos elas conseguissem encontrá-la, se é que ela estava viva, haveria respostas. Para Aisha, a morte e aquela viagem pelo país estavam invariavelmente conectadas; era óbvio que a possibilidade de ser tarde demais para ver a irmã pela última vez pesava.

— Eu também não sei — disse Esah humildemente.

No escuro, Aisha buscou palavras que pudessem ajudar a mãe a se sentir melhor, mas não encontrou nenhuma. Tentou então encontrar um sentimento que não fosse extremamente indiferente, mas também não encontrou nenhum. A sensação era um misto de insensibilidade e culpa, e, de repente, ela se sentiu exausta.

Esah não disse mais nada. A última coisa que Aisha pensou antes de finalmente cair no sono foi: *Talvez eu reencontre a minha irmã amanhã.*

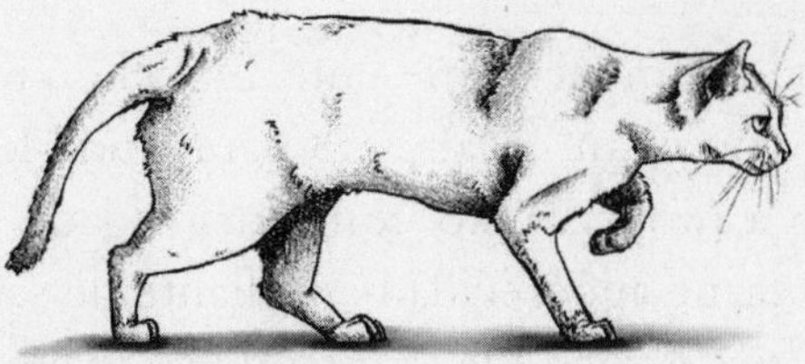

Um Sonho, Parte Dois

(mundo onírico)

No sonho de Aisha, ela tinha sete anos e estava em casa, em *casa*, em *casa*. Era uma festa de aniversário daquelas bem grandes e havia muitos balões, serpentinas coloridas e bastante *kuih penyaram,** o doce que ela tanto adorava. Walter estava presente e ambos tinham a mesma idade. Estava sentado com Arif, ouvindo o pai de Aisha ler *Boa noite, lua* para ele, um dos livros preferidos da filha. O Walter de sete anos tinha caninos tortos e, boquiaberto com a narrativa, deixava-os à mostra. Ele ouvia tudo muito, muito compenetrado.

— Boa noite, sala — disse Arif, apagando as luzes. Foi a deixa para que Esah entrasse carregando um enorme bolo de aniversário.

— Sopre as velinhas, Sha! — exclamou June, rodopiando pela sala com um vistoso vestido cor-de-rosa rendado.

Aisha se inclinou, obedeceu e todos aplaudiram, e então Arif disse alegremente:

---

* *Kuih penyaram*: sobremesa malaia. Fritura feita de farinha de arroz, fubá, leite de coco e açúcar. (N.T.)

— Boa noite, gatinhas. — E olhou com curiosidade para a própria mão, que havia se transformado em cera e estava derretendo e pingando no chão.

O tio Amin também estava presente. Ele olhou para o irmão com tristeza, mas não conseguiu alcançá-lo para ajudá-lo. Amin também estava encarando a própria mão com curiosidade enquanto ela se transformava em carne apodrecida bem diante de seus olhos.

— Arif! *Iboh giya,* * você está assustando as crianças — repreendeu Esah.

June girava e girava, toda ela mais saia, menos menina. Mais conceito, menos irmã.

— Boa noite, estrelas — disse Arif.

— Não! — reagiu Aisha, porque aquilo não estava certo.

— Boa noite, ar — continuou o pai dela, e a sala foi envolta por uma nuvem espessa de fumaça preta.

Rachaduras começaram a aparecer no assoalho, expondo a lava incandescente que fervia e borbulhava. Aisha correu para tentar salvar o bolo de aniversário, mas ele caiu no chão. Walter olhou com curiosidade para onde o bolo tinha ido, o rosto coberto de fuligem, lágrimas descendo pelas bochechas, o olhar questionador.

---

* *Iboh giya*: expressão equivalente a "Pare com isso". (N. T.)

Malaca

(presente)

Aisha estava chorando um chorinho bem leve quando acordou, então esfregou as bochechas e foi direto para o banheiro.

Quando saiu, ela não fazia ideia se os adultos sabiam que havia chorado; os três estavam sentados no sofá, debatendo sobre algum assunto, que foi interrompido quando olharam para cima e sorriram para ela. Era cedo, os primeiros raios de sol batiam tímidos ainda, tocando o prateado dos cabelos de Robert e reluzindo nas pontas do broche de Esah. Todos iluminados pela pálida claridade.

— Tem manga fatiada na mesa! — avisou Elizabeth.

— Obrigada, tia — disse Aisha, muito educada.

Ela pegou o Tupperware e o levou até a parte da frente do motorhome. Walter estava capitaneando, e o fazia como a maioria das coisas que se propunha a fazer: com total seriedade, habilidade e empenho, e geralmente sendo bem-sucedido, mas ele exagerava na velocidade.

— Você está dirigindo um pouco rápido demais — comentou Aisha, colocando um pedaço de manga na boca do namorado.

Walter mastigou, engoliu e disse:

— Estou aproveitando que o tempo está ótimo e a estrada está livre.

Eram oito e meia da manhã.

— Sua mãe vai reclamar já já — previu Aisha.

— Hunf — protestou ele baixinho, e o ponteiro do velocímetro recuou um tantinho.

Aisha se sentou no banco do passageiro e afivelou o cinto de segurança.

— Tive um sonho — disse.

— Eu estava nele? — perguntou Walter.

— Sim — respondeu Aisha.

— Legal — disse ele, sorrindo. — É sempre bom saber que você está sempre pensando em mim.

— Foi um pesadelo, então não nutra grandes expectativas — comentou ela.

Walter desviou o olhar da estrada.

— Olhe somente para a frente — instruiu ela.

— Você está bem? — perguntou Walter. — Quer falar sobre o sonho?

— Agora não — respondeu Aisha, e ele não pareceu surpreso.

— Se quiser, estou aqui — replicou ele.

— Eu sei — disse ela.

— Estou sempre aqui — reforçou Walter.

— Eu sei.

— Você está dirigindo rápido *demais*, Walter Gan Kee Peng! — gritou Elizabeth, e o ponteiro do velocímetro recuou um pouco mais.

Ele já estava dirigindo havia um tempinho; Aisha se perguntou por que andava dormindo tanto e tão profundamente. Aquela estrada lhe parecia familiar, mas, de fato, era a primeira vez que ela passava por lá, ainda assim, não sabia por que, parecia muito familiar, do mesmo jeito que acontecia com os rostos dos avós, indo e vindo na memória. A estrada então começou a se estreitar e se transformar em trechos difíceis de percorrer com um motorhome, e Walter teve que diminuir a velocidade significativamente.

Malaca era uma cidade de edifícios vermelhos e ruínas de igrejas. Era uma cidade com escolas grandes e antigas e crianças chutando bolas enlameadas em enormes campos de futebol, igualmente antigos. Um lugar de lojas com fachadas surradas, e gerações de trabalhadores que haviam nascido e crescido envoltos no comércio marítimo, homens do mundo todo, navegadores, pescadores, marinheiros, comerciantes que vagaram por aquela terra nova e estranha e se apaixonaram pelas nativas. Aquelas crianças nasceram com o canto do mar no sangue, e embora alguns pais acabaram indo embora, a maioria tinha ficado. Naquela cidade, havia crianças para criar e histórias para recordar. Um rio serpenteava por ela e lambia os calcanhares daqueles que lá viviam.

Malaca era pequena, velha e repleta de lembranças e história, e o povo local sabia que essas três coisas eram preciosas.

Aisha sentiu algo parecido com pânico subir lentamente pelo peito enquanto eles se aproximavam da entrada da cidade, rumo ao Centro. Sabia que a casa dos avós ficava mais ou menos perto dali, um lugar tangível, não apenas uma possibilidade.

— Você vai ter que dirigir, porque eu não sei para onde ir a partir daqui — disse Walter antes de parar o motorhome no acostamento.

— Mas eu não me lembro de onde fica a casa e, de mais a mais... — retrucou Aisha, sem conseguir dar outras informações.

Walter olhou para ela, sacando mais do que deveria, e estava prestes a dizer algo quando a voz de Esah surgiu atrás deles.

— Pode deixar. Eu me lembro. — E foi até a parte da frente do motorhome e repetiu antes de se sentar no banco do motorista: — Eu me lembro. Está tudo bem, eu me lembro.

É claro que ela se lembrava. Tinha voltado ali inúmeras vezes, inclusive da última vez, quando enterrara os pais.

Aisha concluiu então que Esah devia se lembrar de muitos lugares dali, pois as mãos e o olhar da mãe não vacilaram nem sequer por um segundo. Seguiram sem parar, passando por locais que ela mesma mal recordava, que pareciam até fazer parte de um sonho.

A Casa com a Porta

(bem agora)

Aisha supôs que aquela era a casa antes mesmo de sua mãe parar. Era exatamente como nas histórias que June contava. Paredes de madeira e trepadeiras de um verde intenso, saudável e próspero subindo por elas. As vinhas não pareciam selvagens como as dos edifícios abandonados: alguém as aparava, cuidava, mantendo-as longe das janelas e da porta. Contudo, o espaço ao redor da casa era significativamente menos cultivado, um lugar onde a natureza crescia selvagem. Uma mangueira curvava seus galhos pesados sobre o portão, e uma rambuteira escondia metade da casa. Ao longe, na área dos fundos, que se estendia até onde a vista alcançava, Aisha pensou ter visto pimenteiras, e de lá sentido um perfume de orquídeas, ouvido pássaros cantando para o mundo enquanto sobrevoavam um riachinho murmurante.

A grama-tapete crescia densamente diante deles; não havia um passeio, mas um caminho tinha sido aberto até a porta de entrada. A altura do gramado era relativamente curta, ou seja, alguém cortava a grama com frequência.

Aisha se lembrou na hora de todas as histórias que June havia contado, mas reconheceu a casa por conta da porta da frente.

A porta da frente era de um brilhante verde-limão.

A tinta parecia fresca, como se alguém a tivesse retocado cuidadosamente por aqueles dias. Não era do tom exato da porta da casa em Penang, mas era muito parecido.

Pulguento, que havia ido se sentar no banco da frente do motorhome, pulou no colo de Aisha e virou a cabeça peluda para a janela, observando a porta como se também a reconhecesse.

Esah parecia petrificada no assento do motorista, as mãos até agora no volante. Ela não se mexia. Aisha tocou suavemente seu ombro, pegou a ponta do *tudung* e o ajeitou com cuidado.

— Tenha coragem — incentivou-a. Não completou com um *por mim*, porque não sabia se isso importava. *Pela June*, poderia ter dito. Ou *pelo fim do mundo*.

Depois de um longo tempo, Esah assentiu.

A nova pele de Aisha quase não havia coçado durante a viagem. Em vez de cutucá-la, ela colocou a mão na parte de cima das costas da mãe, apenas para que soubesse que ela estava ali.

June

(presente)

Eles saltaram do motorhome, e o Pulguento foi logo atrás. Inseguro, Walter rondou Aisha e Esah até se acomodar ligeiramente atrás da namorada. Ela podia senti-lo ali, um conforto garantido, uma presença calorosa. Abriram o portão, pisaram no caminho gramado. Robert e Elizabeth seguiram um pouco atrás, dando espaço.

Aisha ficou ao lado da mãe, mas não olhou para ela, pois ficou com medo de Esah perder a coragem. Contudo, Aisha não hesitou quando chegou à porta de entrada, afinal não havia tempo para isso. Fortaleceu os nervos e anestesiou o peito; em seguida, ergueu o punho e bateu, demonstrando ser uma garota valente.

Ela meio que não esperava resposta, mesmo assim bateu pela segunda vez, a mãe ainda ao seu lado. A coragem começou a vacilar, substituída pouco a pouco pela dúvida. Como é que elas acabaram achando que June, alguém que queria fazer tantas coisas pelo mundo, terminaria sua jornada logo nesse lugar? Era mais provável encontrá-la em Potosí ou Uppsala, Busan ou Genebra. Do outro lado do planeta, ou talvez tivesse sido atacada por alguém que enlouquecera devido ao fim do mundo.

Por um breve instante, Aisha até considerou a possibilidade de a irmã estar voltando ou mesmo já ter voltado para a casinha em Penang. Poderia ela ter voltado enquanto eles iam até Malaca?

Entretanto, a porta se abriu e... lá estava ela. June estava ali.

June estava ali. Ela estava bem ali.

Aisha reparou que a irmã não havia abandonado o hábito de pintar os cabelos. Estavam presos num coque, com mechas rosa-choque enroladas atrás das orelhas.

June sempre fora mais alta do que Aisha, mais ansiosa para sair e devorar o mundo, e Aisha sempre se esforçara para alcançá-la. A irmã mais velha tinha os dedos curtos e ágeis da mãe, bem como os quadris largos e o mesmo temperamento. E havia também certas coisas que Aisha percebeu quase ter esquecido sobre o pai nos últimos três anos: June tinha as orelhas de Arif, encantadoramente salientes, a voz grave, o jeito com que ele era infalivelmente gentil com qualquer pessoa indefesa.

Não foi apenas June quem surgiu do outro lado da porta. O olhar de Aisha captou um certo movimento: alguém pequeno estava escondido atrás das pernas dela. Esse alguém deu uma espiada com a cabeça escurecida pela sombra e perguntou:

— Quem são *essas* pessoas, June?

Ela não respondeu. Apenas olhou, olhou e olhou. O pequeno alguém puxou suavemente a perna direita da calça de June.

— June — disse Esah, quase um suspiro. O nome soava enferrujado, fora de uso e gasto, como o ranger de um velho portão. — June — repetiu, como se estivesse praticando o nome, e mesmo assim a filha não disse nada, os olhos arregalados e a boca aberta em estado de choque. Isso fez surgir em Aisha um pensamento, digamos, cruel: ela parecia um peixinho dourado.

O pequeno alguém se moveu para olhar melhor e chamou a atenção delas novamente, fazendo-as desviar o olhar de June. Seu rosto infantil parecia curioso e desconfiado ao mesmo tempo.

— Ele é seu? — deixou escapar Esah de repente, a capacidade de fazer contas falhando num momento crítico como aquele.

Quase histericamente, Aisha pensou que de todas as coisas que ela esperava que a mãe pudesse primeiramente perguntar quando reencontrasse June após três anos, aquela não estava na lista.

June olhou, olhou e não conseguiu evitar o que disse em seguida:

— O cálculo não bate, Mak.

Novamente, pela terceira vez, Esah disse o nome da filha, e como se a voz de June tivesse aberto as comportas de uma represa, ela começou a chorar, bem baixinho, o único som audível sendo uma espécie de falta de ar. June não piscou nem uma vez sequer, mas soltou um "ah" tímido e foi direto para os braços da mãe.

Saiu abafado, mas Aisha ouviu um pedido de desculpas, e não soube ao certo se havia partido da mãe ou da irmã. Em resposta, um outro pedido de desculpas, ofegante e igualmente abafado, e então entendeu que isso não importava.

Fazia uma eternidade desde que Aisha vira a mãe chorar pela última vez. Ela achou que *poderia* se lembrar, mas as memórias estavam turvas. Sentiu-se vazia observando aquilo, e não conseguia saber por quê. Sentiu também que talvez devesse se juntar ao abraço, embora só de pensar nisso já tivesse sentido vontade de se afastar.

June e Esah ofegavam e se abraçavam com força, enquanto o vento assobiava por entre as folhas das frondosas árvores, e Walter procurou a mão da namorada para segurá-la.

Depois de um instante, Aisha se lembrou de fechar os dedos em volta dos dele, ainda que parecessem um pouco dormentes.

O pequeno alguém, que seguia escondido atrás das pernas de June, perguntou mais uma vez:

— Quem são *essas* pessoas?

A Verdade

(um breve intervalo)

A verdade pura e simples é que Aisha estava furiosa com a irmã.

Ela não havia percebido isso até ver Esah e June se abraçando, mas, naquele instante, do nada, o sentimento desabrochou dentro dela, como às vezes surgia quando ela e Walter brigavam e Aisha tinha que se esforçar muito para se controlar. Era uma espécie de raiva intensa, terrível e descompassada, e isso a surpreendeu.

A história foi assim:

O tio Amin tinha morrido; a Nek Kah partido em decorrência de uma queda sofrida em casa e o Nek Dan não havia suportado ficar sem a pessoa que amara durante cinquenta anos. E então o Pak viera a falecer, a doença se desenvolvendo lenta e cruelmente, no final já era possível ver os ossos sob a pele. Esah não fora capaz de conviver com tudo isso, não tinha estrutura para lidar com tamanho sofrimento — e como alguém poderia julgá-la ou culpá-la? Aisha não podia, não podia mesmo —, então elas se mudaram para o outro lado do país e, por um longo tempo, a mãe simplesmente existia, uma espécie de fantasma real que repreendia June para que voltasse para casa logo depois da escola, sem procrastinar, e a proibia de desafiar qualquer onda que passasse da altura do umbigo.

Tinha sido assim. Não era possível falar com um fantasma que desaparecia ao som de memórias. Durante muito tempo, dessa maneira viveram Aisha e June, a contadora de histórias e sua ansiosa ouvinte na cama do lado oposto do quarto. Esah ficava observando o nada, ou olhando pela janela, ou para as próprias mãos, nada além de um corpo inerte no quarto. June percebia — e percebia que a irmã percebia. Então sua voz se elevava, aguda, provocadora ou desconcentrante, do outro lado do cômodo, apenas para se certificar de que os pensamentos de Aisha estavam em outras coisas. E quando Esah se comportava como uma espécie de fantasma exigente, para logo desaparecer na cadeira da cozinha ou debaixo do cobertor, a voz de June serpenteava pelo quarto, uma noite ilustrando histórias sobre os avós e o pai, e na seguinte sobre terras distantes para onde ela e Aisha um dia viajariam juntas.

Só que June havia partido e levado consigo sua voz, e ficara muito difícil se lembrar das histórias que ela contava, consequentemente ficara mais fácil parar de tentar. June sempre fora quem se *recordava* delas de um jeito tão preciso e vívido. Sem June, muitas lembranças se tornaram apenas histórias contadas a Aisha, e sem a irmã, Aisha não tinha ninguém para confirmar nenhuma delas.

Aisha estava parada na soleira da porta aberta, verde brilhante, lutando para conter a raiva que sentia da irmã. A pele nova coçou, pinicou... até que... se rompeu. Ela fechou os olhos e pensou em como aquilo era muito mais difícil do que ter bravura, do que ser corajosa, do que ser valente.

Pulguento se esfregou nos tornozelos dela, os pelos aveludados, e Aisha abriu os olhos e viu que ainda estava de pé.

Onde June Estava

(presente)

Secando as lágrimas, June pegou Aisha pelos ombros e pronunciou o nome dela. Deu um forte abraço na irmã caçula, os corpos colados, e Aisha, depois de um momento de intensa negação, abraçou-a de volta. Não havia mais nada que ela pudesse fazer, todos a estavam observando. June exalava o cheiro de sempre: um leve aroma de baunilha e rosas recém-colhidas, o sabonete que tinha estocado antes do Anúncio.

June deu um passo para trás e disse a Walter e aos pais dele de forma protocolar, ainda tentando estabilizar a respiração:

— Olá, eu sou a June, a filha pródiga. — E acenou de leve, como se fosse um momento divertido.

— Meu nome é Walter — apresentou-se após um breve instante e antes de apertarem as mãos.

— Somos os pais do Walter — disse Elizabeth, e todos trocaram cumprimentos.

Sob o efeito da raiva que ainda ameaçava subir pela garganta e transbordar, tudo parecia ligeiramente surreal. Aisha conhecera Walter alguns meses depois da irmã ir embora. Ela nunca havia levado a sério a possibilidade de voltarem a se encontrar, ocupada demais tentando afastar June dos pensamentos, como tinha feito com os lençóis. Foi como limpar uma ferida nova. Quem poderia imaginar que o curativo viria a conhecer o objeto cortante?

— Ah, uau! — exclamou June, reparando no motorhome e piscando mais que o normal.

— É um design curioso, não é? — perguntou um amistoso Robert.

— É interessante — comentou June vagamente.

Aisha não estava olhando para a irmã, mas podia sentir o leve olhar dela, como se estivesse tentando chamar sua atenção para o motorhome. Contudo, Aisha se recusou a olhar para trás.

— Meio que peguei emprestado com um amigo! — exclamou Robert. — Ele tem um monte de coisas assim. Esta sua casa é adorável.

— Era dos meus avós — informou June.

— Sim, sua mãe nos contou — disse Elizabeth, educada.

Eles trocaram mais algumas gentilezas sobre a estrutura da casa e sobre o terreno. Pulguento passou por entre as pernas de todos e espiou pela porta de entrada.

— Esse gato é seu? — perguntou June. Aisha podia sentir o olhar da irmã pairando sobre ela novamente, aguardando a resposta. Como não o fez, June continuou: — A cor até que é interessante.

Pulguento soltou um miado indignado para ela, como se tivesse entendido a entonação que June usara ao dizer *interessante*, e o prolongou para demonstrar que ficou magoado.

— Este é o Pulguento — disse Aisha, tentando não soar rude e sentindo-se irracionalmente na defensiva em relação ao esquisito animal. — É nosso, acho.

Pulguento piscou para ela de um jeito decidido e aprovador. Em seguida, todos tiraram os sapatos e entraram, e ele passou rebolando como se aquele fosse mais um de seus lares.

Por dentro, a casa era toda de madeira, arejada e limpa. Havia frases islâmicas em uma das paredes, um tapete vermelho-rubi e fotos de June e de Aisha, joviais e sorridentes, em tudo quanto é canto.

Diante de tudo aquilo, as lembranças chegavam a Aisha com cada vez mais nitidez: o Nek Dan lendo o jornal na pesada cadeira de balanço de madeira e a Nek Kah cantarolando alegremente enquanto preparava um *dhal.** Durante o dia, ela assistia a novelas, e à noite, filmes do diretor Raj Kapoor. A casa nunca ficava em silêncio, pois sempre tinha algo fazendo barulho, fazendo companhia.

Sem um motivo aparente, Aisha se sentiu ainda mais furiosa com June. Quantas memórias ela havia perdido só porque a irmã simplesmente fora embora?

Esah se abaixou e se apresentou para o pequeno alguém:

— Meu nome é tia Esah.

Aisha balançou a cabeça para clarear os pensamentos e se abaixou também.

— E eu sou a Aisha — disse ela.

O pequeno alguém tinha cabelos pretos e lisos, uma franja que caía nos olhos amendoados e usava um pijama azul do Garibaldo. Ele olhou para Esah, muito sério.

— Como você conheceu a June? — perguntou, a vozinha estridente.

— Bem... eu... — começou Esah, mas hesitou e olhou para a filha, que assentiu. — Eu sou a mãe dela.

Os olhinhos do pequeno alguém se arregalaram.

— Eu não sabia que a June tinha mãe.

— Ah — retrucou Esah, fechando a boca e não falando mais nada.

June olhou rapidamente para ela e disse severamente para a criança:

— Mas eu te contei sobre a minha mãe. Falei que ela morava muito longe.

— Ué, esqueci — replicou o pequeno alguém.

— A June também tem uma irmã — disse Aisha. — Eu.

---

* *Dhal*: prato da culinária indiana feito com diversas especiarias e lentilha. É similar ao curry, mas a consistência é mais líquida, como a de uma sopa, tanto que se come com uma colher. (N. T.)

Será que June não havia contado *isso* a ele? É claro que não. Aisha disse a si mesma para não se importar. O que esperar de alguém que tinha ido embora de casa para nunca mais voltar?

— Qual é o seu nome? — perguntou finalmente Esah ao menino.

— Eu me chamo James Yeo Zhi Wei — respondeu o pequeno alguém com total seriedade. Ele esticou a mão e apertou a das duas. — É um prazer... *conhecê-las*. — E o semblante austero caiu por terra quando ele sorriu para June em busca de aprovação.

— Você é um homenzinho muito culto e educado, sabia? — June o elogiou, pegando-o pela mão. — Vamos para a cozinha? O almoço está quase pronto.

Ela olhou para as visitas como se pedisse desculpas.

— Não preparei o suficiente para mais ninguém, eu acho, mas vou verificar se...

— Não se preocupe, trouxemos comida embalada para a viagem — disse Elizabeth, antes de sair com Robert para buscá-la.

Esah seguiu June e James até a cozinha. Os primeiros momentos passaram, simples assim. Aisha tinha encontrado a irmã e nada de tão surpreendente acontecera, nada além daquela raiva silenciosa e descompassada dentro dela.

Aisha não se moveu imediatamente. Devagar, descansou a cabeça no peito do namorado, e os braços dele a envolveram. Walter estava pertinho dela desde a porta da frente, uma das mãos no cotovelo ou um ombro contra o dela de vez em quando.

— Estou com uma raiva da June... — sussurrou Aisha. Era mais fácil confessar aquilo para a camiseta dele, que cheirava a amaciante, limpa e com um delicioso frescor. Não pareceu resumir tudo o que ela sentia, mas estava tentando saber como seria verbalizar aquilo.

Por cima da cabeça da namorada, ele a tranquilizou:

— Está tudo bem.

Aquele aborrecimento terrível reacendeu. Afastando-se um pouco, ela disse bruscamente:

— Não! Não está! E não faça parecer que está!

Walter suspirou, baixou os braços e respondeu:

— Mas está. Sentir raiva é uma coisa boa.

— Então por que *você* nunca fica com raiva?! — questionou.

Ele estreitou os olhos levemente.

— Eu fico — respondeu, e não disse mais nada.

Aisha deixou o assunto morrer por um momento, e Walter também, mas, logo em seguida, ela ficou com raiva de si mesma. Não sabia por que tinha dito aquilo e depois feito aquela pergunta. Tocou na bochecha dele e não conseguiu dizer mais nada. Ele sorriu para ela, o canto da boca se curvando num sorriso quase triste.

— Desculpa — pediu Aisha. — É que…

— Eu sei — replicou Walter. — Está tudo bem.

Ela não percebeu de cara, mas ele já havia se virado para se afastar.

Na cozinha, June estava servindo numa tigela um pouco de sopa para James, que lavava as mãos concentrado na tarefa.

O lugar parecia o mesmo, do jeito que Aisha estava começando a se lembrar. Paredes pintadas de laranja-queimado, um enorme fogão à lenha nos fundos, uma pesada mesa de jantar com dez cadeiras caprichosamente esculpidas. O Nek Dan havia trabalhado nelas todas com muito esmero, curvando-se com seu cinzel para ficar bem perto da madeira maciça. Esah estava sentada numa delas. Aisha se perguntou o que de fato significava para a mãe ter voltado para a casa que outrora cobrira com plástico, embalara em caixas e abandonara para sempre poucos dias depois da morte dos pais, e estar enfrentando, naquele momento, todas as coisas que havia tentado enterrar para que não a dominassem de uma só vez, tudo ao mesmo tempo.

A mãe parecia bem, concentrada em James. Era irritante como ela conseguia estar tão calma, tão interessada naquele menino, fazendo perguntas sobre June com tanta facilidade, quando era Aisha quem lutava para reprimir os sentimentos, a fúria.

— Então… a mãe dele faleceu — disse June. — Mas, pouco antes disso, ela pediu que eu garantisse que ele seria cuidado.

— E aí você concluiu que a melhor coisa seria fazer isso você mesma — deduziu Esah, e Aisha se perguntou se ela estava pensando em Arif, que havia acolhido, durante os anos que passaram juntos, um total de cinco gatos e sete vira-latas, um esquilo ferido e várias pessoas que não tinham um teto onde passar a noite.

— Bem… sim — assentiu June. — Eu também estava… — Ela limpou a garganta, mas prosseguiu: — Eu também estava me sentindo sozinha.

Houve um silêncio ponderado e desconfortável, que foi interrompido por Elizabeth e Robert entrando com o restante do curry. Eles o aqueceram na grande panela de pedra, no fogão sobre o qual a Nek Kah se debruçara durante décadas. Como uma imagem bruxuleante, Aisha quase podia vê-la.

Walter pigarreou.

— Acho que ainda não nos conhecemos, James — disse ele, puxando uma cadeira e se sentando de frente para o menino, que começou a tomar a sopa. — Meu nome é Walter.

— Tudo bem? — perguntou James, estendendo a mão sobre a mesa e quase derramando a comida ao esbarrar na tigela. Walter apertou com firmeza a mãozinha de aparência úmida. — Você também é irmão da June?

— Não, não — apressou-se Walter. — Sou amigo da Aisha.

— Você gosta do Garibaldo? — perguntou James, desconfiado.

— Eu prefiro o Elmo — respondeu ele. — Mas às vezes o Come-Come é o meu favorito, e às vezes é o Oscar.

James grunhiu ao ouvir isso.

— São muitos favoritos — disse o menino.

— É que eu gosto de todos eles — comentou Walter.

— O Elmo é meio burro — opinou James. — Ele nunca sabe de nada.

— James, isso não foi legal — repreendeu June sem se virar para ele.

Pulguento entrou sorrateiro na cozinha, sentindo o cheiro da comida, e os olhos de James se arregalaram de novo, claramente percebendo o gato pela primeira vez.

— Ei, gatinho! — chamou ele com entusiasmo.

— Não dê sua comida para ele — disse June. — Ouviu, James?! Ele sabe se virar sozinho.

Entretanto, James levantou a colher e quase atirou o talher na direção da sala, de tão animado que ficou para alimentar o Pulguento, então June começou a limpar a sopa que havia respingado na mesa.

Esah a observou. Parecia tanto intrigada como amorosa.

Todos puxaram cadeiras e se sentaram ao redor da mesa para começar a comer. Em uma clara tentativa de quebrar o silêncio um tanto constrangedor, Elizabeth perguntou:

— Você cultiva alguma fruta?

Aisha supôs que ela devia estar de olho nas mangas e nos rambutões.

— Há uma hortinha aqui, e as árvores ficam lá na frente — disse June. — São bem tranquilas e cuidam de si mesmas. Pegamos pepinos e feijões dos vizinhos do outro lado da rua.

Eles começaram a ter uma conversa ligeiramente forçada, do tipo de quem acabou de se conhecer, sobre colheitas, que se transformou em uma segunda conversa do mesmo estilo sobre como a comunidade funcionava no bairro. Havia um médico de 76 anos, cuja esposa falecera e que não tinha mais ninguém, e ele cuidava das emergências da vizinhança. Havia também um pasto mais distante, com algumas vacas, e quando uma era abatida, todos ganhavam carne por uma semana. Robert estava particularmente interessado no gerador da época da Segunda Guerra Mundial que o avô das meninas, pelo que entendeu, havia comprado, e então foi convidado a dar uma olhada nele depois da refeição. A conversa prosseguiu meio capenga. Aisha evitou olhar para a irmã e conseguiu comer algumas porções do curry.

— O que você faz? — perguntou Esah, por fim. — Quer dizer, o que tem feito esse tempo todo?

— James já me mantém ocupada o bastante — respondeu June, olhando de soslaio para o menino, que tentava alimentar o gato disfarçadamente por baixo da mesa.

— Não — disse o menino. — Você tem ido lá fora cavar!

— Sim — admitiu June. E para o restante da mesa, ela disse: — Minha ocupação principal agora é cavar o bunker.

Uma Conversa com Arif

(dez anos atrás)

O pai de Aisha tinha um cheiro diferente, de remédio e, às vezes, mais leve, de vômito. Mas, quando ela foi até os braços dele, Arif a envolveu com a mesma força, ainda que a mãe costumasse dizer coisas como *tenha cuidado com ele* e *deixe-o descansar.*

Quando voltou da escola e terminou o almoço, Aisha estava prestes a correr suada para o quarto dele quando ouviu vozes vindo lá de dentro. June subira mais cedo, mas Aisha pensou que a irmã tinha ido para o quarto que elas compartilhavam. June, que havia acabado de completar 12 anos, estava começando a exigir seu próprio espaço, se isolando da caçula de tempos em tempos. Em outra época, ela a teria arrastado para brincadeiras infantis.

— Não é justo — dizia June. — Eu quero, pai, eu…

— Se quer, então faça — respondeu Arif, tão cansado como sempre parecia naqueles tempos, a voz enfraquecida.

— Seriam só três dias — informou June, de um jeito um tanto resignado. — Mas a Mak não vai aceitar. Vai dizer que nós precisamos estar aqui, por você e…

— Eu vou falar com ela, pode deixar — interrompeu Arif, com um tom de voz que não admitia discussões. — June...

Por um tempo, fez-se silêncio, um silêncio que se estendeu o bastante para que Aisha espiasse pela porta.

June estava sentada na beira da cama e Arif, apoiado em três travesseiros, mais magro do que nunca, os cabelos achatados por ter passado a manhã inteira deitado. Na mesinha de cabeceira ao lado de Arif encontrava-se um *ayam masak lemak*,* a comida preferida dele, intocado; ele não tinha apetite para nada naqueles dias. Sua atenção estava voltada integralmente para a filha.

— Você pode fazer o que quiser, filha — disse ele, muito sério, estendendo a mão e pegando o queixo de June entre o polegar e o dedo indicador. — Sabe disso, não é? Pode fazer o que bem entender.

---

* *Ayam masak lemak*: prato da culinária malaia que consiste em frango ensopado com leite de coco, batata e diversos condimentos. (N. T.)

O Bunker

(presente)

Houve um silêncio, que foi interrompido por James ao raspar ruidosamente o restinho de sua sopa.

— *Sayang*, é que os cientistas… — começou Esah, e June no ato virou a cabeça para ela, provavelmente pela volta do uso inconsciente da carinhosa forma de tratamento. — Eles disseram que não vai adiantar.

— Eles disseram que a *maioria* não serviria para nada — corrigiu June. — Se for profundo o bastante, teremos uma chance, ou seja, ainda há esperança. E estou planejando que o meu seja *beeem* profundo.

— Vai ser o bunker mais profundo de todos os tempos — cantarolou James alegremente. — E eu estou ajudando!

Aisha olhou para Walter, que estava encarando o prato de curry, e estendeu a mão para acariciar o pescoço do namorado, olhando em seguida para Esah, que estava observando June com preocupação. Robert e Elizabeth trocaram olhares.

Pulguento roía seu osso de galinha.

— Qual é a profundidade?

— Será profundo o bastante — respondeu June. — Dez metros até agora.

— É um trabalho muito impressionante — comentou Robert. — Principalmente se você não tiver as ferramentas adequadas.

— Tenho algumas pás — disse June. — E, bem, não sei se você sabe, uma pequena escavadeira. Mas ainda estou aprendendo a operar o troço.

— Eu estou ajudando — declarou James. — A June me pede para levar bebidas pra ela toda hora e diz que se não tiver *regriferante*, o buraco não será cavado.

June sorriu para James e disse:

— Você tem sido um ajudante e tanto.

Robert soltou um zumbido e olhou para a esposa novamente, desta vez parecendo pensativo. Elizabeth olhou para trás, erguendo as sobrancelhas, e mais uma vez foi como se eles estivessem tendo uma conversa num idioma que ninguém mais conhecia.

— Onde você conseguiu uma escavadeira? — questionou Walter.

— Encontrei aqui. Acho que já tinha na casa há muito tempo, sei lá — respondeu June.

— O Nek Dan ia cavar uma piscina — informou Esah, a voz distante. — Um pouco antes da queda da Nek Kah.

Aisha a observou, e June fez o mesmo, enquanto a mãe parecia mergulhar naquele espaço onde nenhuma das duas poderia alcançá-la. Até que Esah olhou para a filha mais velha.

— Nós vamos ajudar — disse ela, a voz repentinamente decidida.

— Sério? — perguntou June, olhando para a mãe.

— Nós vamos ajudar — repetiu Esah.

June pareceu se encher de esperança. Observando a mãe daquele jeito, os olhos muito brilhantes. Esah assentiu, o semblante se abrindo com o que parecia ser saudade, mas que se manifestou em forma de sorriso.

O momento durou e perdurou. Do lado oposto da mesa, Elizabeth e Robert assentiram, e Aisha percebeu o gesto, as primeiras faíscas de uma esperança cautelosa no jeito com que se olharam. Até mesmo Walter estava olhando para June, em silêncio, mas prestando total atenção.

Aisha não pôde evitar. A raiva forçou as palavras para a boca e logo para a língua.

— É inútil. Uma perda de tempo!

Todos os rostos se viraram na direção dela. Contudo, ela não fez a menor questão de interpretar o que via neles.

— Vale a pena arris… — começou June, mas Aisha a interrompeu.

— Não podemos simplesmente perder tempo alimentando suas falsas esperanças, ainda mais quando nos resta tão pouco.

Alguém respirou fundo, provavelmente Esah, ou então Walter. Aisha não se deteve. Parecia mais uma discussão com o namorado, só que, daquela vez, ela não se sentia mal.

— Dez metros de profundidade não é nada; tem que ter pelo menos, sei lá, centenas, e isso… não é apenas impraticável, é injusto com a gente. Só porque você quer uma coisa, vamos sacrificar o nosso tempo com…

— E por acaso eu pedi a algum de vocês que sacrificassem o tempo que ainda têm?! — protestou June, agora foi a vez dela interromper a irmã, os olhos estreitos e as mãos erguidas na defensiva.

Aisha abriu a boca, pensando no que exatamente a irmã sabia sobre fazer sacrifícios, mas Walter disse baixinho em meio ao silêncio:

— Impossível não é.

— É sim, então não puxe o saco dela, porque você não sabe como ela é! O mundo não gira em torno de *você*, June — retrucou Aisha, virando-se para ela —, nem do que você quer às custas de outras pessoas que só querem ajudar. Às custas do tempo, da boa vontade e das… você não manda nelas. O mundo não é seu. Ou pelo menos não é *só* seu.

Aisha pensou que teria que arrastar a cadeira para trás e sair correndo, mas ela estava no meio do almoço, e a forma como fora educada a impediu de deixar o prato daquele jeito. Então, o silêncio prevaleceu e ela sentiu um constrangimento crescente, um calor subindo pelo pescoço e pelas bochechas. Não se sentiu mal por gritar com June, mas havia feito aquilo na frente de todo mundo. Encarou o prato de comida, mas podia sentir os olhares da irmã e do namorado pesando sobre ela. Aisha não sabia quanto suas expressões eram acusadoras. Robert e Elizabeth também estavam ocupados com o curry, e Aisha não sabia para onde Esah estava olhando.

— Eu *não* gosto dela, June. Ela é má com você — disse James, por fim.

June não respondeu. Aisha sentiu uma vontade fora do comum de gritar e de chorar de soluçar. Deu uma última colherada na comida e a engoliu como se empurrasse junto um pensamento mesquinho: *bem, ela também foi má comigo*. Já não tinha gosto de nada, então pegou o prato e o lavou na pia.

Decidida, deixou a cozinha e a casa. Foi para o gramado e caminhou até chegar à área dos fundos.

A Nek Kah ia e vinha na memória, curvando-se sobre os vasos, e o Nek Dan cortando galhos com um machado, mas ela não conseguia visualizar o rosto de nenhum dos dois.

O jardim era selvagem, lindo e coberto de vegetação. Uma pesada rambuteira gerava sombra num canto.

Um enorme buraco quadrado havia sido cavado bem no centro do terreno, ocupando quase metade do quintal. Aisha o contornou, bem como a pequena escavadeira amarela ao lado dele, e foi mais para o fundo, onde ficava a frondosa árvore. Parou perto dela e olhou para o céu, que aparecia por entre a folhagem. De repente, Pulguento miou aos seus pés, quase fazendo a garota pular de susto.

— Aposto que você também acha que é uma boa ideia! — disse ela amargamente, mas quase sem nenhuma raiva dele.

O gato miou de novo, melancólico. Não se importou que ela estivesse brava; ele só queria receber carinho, e queria naquele instante.

— Para uma coisinha tão… insignificante, você até que é muito exigente — comentou Aisha. — Mas eu realmente gostaria que me deixasse em paz. — Mesmo assim, ela se abaixou e o puxou para perto, pressionando aquele corpinho quente e macio contra a bochecha.

Sob a Rambuteira

(presente)

Aisha se sentou debaixo da árvore. Estava exausta, excessivamente letárgica, sentindo uma pressão nas têmporas que parecia o início de uma forte dor de cabeça. Entretanto, a rambuteira oferecia sombra fresca, e uma brisa acariciava sua pele de vez em quando.

Ela permaneceu ali por um bom tempo, tanto que a tarde diminuiu a forte pressão do calor assim que o sol começou a se pôr. Aisha estava quase cochilando, recostada no tronco, a casca áspera e sólida, quando ouviu o som de passos na grama. Ao seu lado, Pulguento respirava compassadamente, o corpinho se movendo para cima e para baixo. Ele já estava dormindo, a orelha tremelicando de satisfação como se estivesse sonhando com coisas boas.

Em seguida, ela ouviu a voz estridente de James.

— Sabia que foi bem aqui que eu caí e ralei o joelho na pedra? A June limpou tudo muito bem limpinho e eu fui supercorajoso, mesmo depois de ver o sangue.

— Parabéns — elogiou Robert, e lá estavam eles olhando para o buraco.

Robert segurava a mão de James de modo firme e ao mesmo tempo confortável, prevenindo que o menino avançasse demais. Aisha não se sentiu mal por ter gritado com a irmã, mas a vergonha apareceu, junto com um leve sentimento de culpa por ter dito, na frente de Robert, que aquilo seria impossível. Ele, que tinha a esposa e um filho com uma vida inteira pela frente, não merecia ouvir que salvá-los era algo impossível.

— A gente demorou muito pra fazer isso aí, e a June falou que eu não posso nem chegar perto, senão eu vou cair — disse James. Ela havia adotado medidas de precaução contra isso: vários painéis aramados cobriam o buraco, presos por estacas de madeira fincadas na terra. — Eu não posso voltar aqui sem *supersivão*.

— Acho que é "supervisão" — corrigiu Robert gentilmente.

Ele estava analisando o interior do buraco, agachado na borda, inspecionando com cuidado. Aisha se lembrou de que Robert era engenheiro. Ele então elevou o olhar e percebeu enormes placas de metal apoiadas no aramado, e logo viu Aisha. Murmurou alguma coisa para James, que semicerrou os olhos para ela com desconfiança, o rostinho franzido, mas o seguiu na direção da garota.

— Tirando uma soneca? — perguntou Robert. — Está um dia gostoso para isso.

Aisha tentou sorrir, mas parecia enferrujada.

— Tentando — respondeu, mas então se lembrou do piti que tinha dado e disse: — Sinto muito pela cena no almoço.

Robert balançou a cabeça.

— *Família*... eu sei bem como é — replicou ele, dispensando as implicações pesadas da palavra ao acenar com sua manzorra. — Mas eu acho que a sua irmã gostaria de dar uma palavrinha com você.

— Ela gostaria é de dar uns gritos comigo — murmurou Aisha, e olhou na direção da casa. — Vou entrar.

— Que tal pedir para que *ela* venha até aqui? — sugeriu. — Acho que vocês precisam de espaço. — Robert olhou ao redor, registrando tudo: o vasto céu, os galhos pesados da árvore, os anos aos quais o jardim sobrevivera... — E aqui é um bom lugar. A terra é boa — prosseguiu, balançando a cabeça. — É um ótimo espaço.

— Vou entrar — repetiu Aisha —, assim você não precisa sair daqui. O espaço é ótimo *mesmo*, e você deveria desfrutar mais dele como estava prestes a fazer.

— Família — repetiu Robert, mas sem a entonação da primeira vez, e acenou com a mão novamente, como se isso pudesse descartar os protestos dela e explicar tudo de uma vez por todas.

Aisha pensou que de fato explicava. Ele sorriu para ela, com tanto do filho Walter nos olhos... o arco gentilmente questionador das sobrancelhas grossas, e começou a se afastar. Ela não sabia o que fazer com a gentileza dos sogros.

James foi atrás dele, mas, depois de alguns passos, correu de volta até Aisha.

— Seja boazinha com a June, viu!

Ela não foi boazinha comigo, Aisha quis retrucar imediatamente.

— Pode deixar, James. Vou me esforçar ao máximo — prometeu ela, e observou-os se afastarem, deixando a cabeça bater de leve no tronco da rambuteira. Os galhos e as folhas permitiam que um pouco mais de luz dourada passasse. A tarde estava acabando.

Quando ouviu o rangido da porta sendo aberta novamente, ela se preparou para estar na presença da irmã, mas enquanto tentava olhar para o chão e manter os sentimentos sob controle, percebeu que eram os sapatos marrons de Elizabeth que estavam se aproximando.

Ela não se sentou ao lado de Aisha. Protegendo os olhos dos derradeiros raios de sol com uma das mãos e seus dedos delicados, com a outra estendeu um copo com um líquido cor-de-rosa.

— Suco de goiaba — disse ela, o copo suado com a condensação.

Aisha se desculpou novamente:

— Sinto muito pelo almoço, eu sei que passei...

— Essas coisas são complicadas mesmo — interrompeu Elizabeth, acenando de um jeito que parecia uma versão um pouco mais graciosa do aceno do marido, e depois um segundo aceno, quando Aisha tentou se levantar. — Não se desculpe. Apenas fique sentada e beba. O dia está quente e você não quer passar mal de calor.

Aisha obedeceu. O suco estava gelado e espesso, desceu lenta e docemente pela garganta.

— Está uma delícia, tia — disse ela. — Você sempre faz sucos maravilhosos.

— Anos de prática — replicou Elizabeth. — É preciso acertar a consistência, sabe? E não pode ficar doce demais.

— Está perfeito — elogiou Aisha.

Elizabeth sorriu e depois pareceu encarar Aisha com uma certa preocupação.

— Quando o Walter era mais novo, talvez por volta dos dois ou três anos, ele ficou doente e parou de beber água. Não bebia leite, chá ou qualquer outra coisa. Eu já estava ficando preocupada. — Ela franziu a testa de leve com a recordação. — Suco era a única coisa que ele aceitava.

— Ele nunca me contou isso.

— É provável que nem se lembre. — Elizabeth emitiu um som que pareceu gentil demais para uma bufada, mas decididamente menos delicado do que uma fungada. — Eu perdia o sono de tanta preocupação, espremendo laranjas e mais laranjas e espalhando sementes por todos os lados. Ah, as coisas que a gente faz pelos filhos...

— Tenho certeza de que ele é grato por tudo que vocês fazem e fizeram — disse Aisha, com sinceridade.

Walter teve uma infância feliz e falava sobre essa fase da vida do mesmo jeito carinhoso e espontâneo com que as pessoas falam de algo que consideram natural e sobre o qual não pensam muito. Amava os pais e falava deles da mesma maneira: pensativo, discreto, uma verdade constante e universal em seu mundo. *Eles são ótimos, sabe, são exemplares como pais.*

— Não é esperando por gratidão que a gente se torna pai ou mãe. — Elizabeth pareceu soar irônica, ajeitou uma mecha de cabelo atrás da orelha e olhou para as folhas, os raios de sol flutuando languidamente através delas. Então, semicerrou os olhos, fitando algo diferente, e comentou: — Os rambutões estão enormes e são ótimos para a saúde também. Dá para ver pela cor que estão quase maduros. *Bidang tanah ke manah.** Aisha — mudando de assunto e dirigindo-se diretamente a ela, disse com preocupação na voz —, você é uma boa filha. Sua mãe sabe disso, e sua irmã também.

Aisha não sabia como responder. Era um sentimento simples, nem um pouco desconhecido. Sabia que tinha sido uma boa filha, ou pelo menos tentado ser, ao tirar boas notas e voltar para casa mais cedo, esforçando-se para não dar trabalho nem trazer preocupação para a mãe. Entretanto, ouvir aquilo assim, sendo dito de forma tão clara, parecia algo maior do que de fato era.

— Eu sei que poderia me esforçar mais — disse.

— Sim, todos poderíamos — concordou Elizabeth. — Ainda assim, você é uma boa filha. Venha, me dê o copo.

Depois de pegá-lo de volta, ela sorriu para Aisha, o brilho tão parecido com o dos milhares de sorrisos do filho, e se afastou. Deixou aquela gentileza pousar no colo de Aisha com a mesma facilidade e espontaneidade com que o filho fazia a maioria das coisas.

Aisha se sentiu um pouco melhor.

---

* *Bidang tanah ke manah*: "Uma relíquia do campo", "Um maná da natureza". (N. T.)

Um Pedido de Desculpas

(presente)

Mas a sensação não durou muito. Quando June apareceu, Aisha foi novamente acometida por uma raiva intensa, que crescia e a queimava por dentro, ao observar de soslaio a irmã. Com cuidado, June atravessou o quintal olhando para ela o tempo todo e se sentou de pernas cruzadas à sua frente.

Havia deixado os cabelos crescerem e tinha uma cicatriz nova no antebraço. Poderia ter acontecido ao escalar uma montanha ou preparar o jantar, vai saber. Nem a mãe nem a irmã, que June abandonara ao ter se mandado para onde bem entendesse, saberiam dizer. De alguma forma, seu olhar parecia ter amadurecido, como se ela tivesse conseguido o que queria, como se tivesse visto o mundo e o devorado todinho.

— Sei que você ainda está com muita raiva de mim — disse ela abruptamente. — E sei que tem todo o direito de se sentir assim.

Aisha permaneceu em silêncio.

— Coloque pra fora o quanto você está com raiva de mim. Isso vai te ajudar — continuou June, sabendo que *botar pra fora* é algo que tem boas chances de ajudar. —Vai melhorar muito... Basta dizer tudo, tudo que você precisar dizer.

Em vez disso, Aisha olhou fixamente, por cima do ombro esquerdo da irmã, para o buraco.

June suspirou e ajeitou uma mecha de cabelo cor-de-rosa atrás da orelha saliente. As palavras saíram devagar.

— Eu fui embora, sei que fui. Quando claramente você mais precisava do meu apoio, eu me mandei.

Aisha não tinha nada a dizer sobre aquilo, na verdade. June estava constatando o óbvio.

—Vamos, Aisha — pediu, depois de um tempo já sentada ali e Aisha insistindo no silêncio. A voz soava um tanto exasperada.

De repente, Aisha se lembrou das diversas discussões entre irmãs que aconteceram no início da adolescência, nas quais não pensava havia muito tempo, gritando no quarto compartilhado as piores coisas que vinham à cabeça, e isso inspirou um sentimento muito infantil e fez com que ela permanecesse em silêncio.

—Você não pode simplesmente parar de falar comigo para sempre — disse June.

Aisha parecia ter se esquecido de que, até há poucas horas, pensava que nunca mais a veria e que nem sabia se a irmã estava viva.

— Aisha, olhe para mim — pediu June. Havia um tom em sua voz que poderia ser aborrecimento ou pânico. —Você não pode...

Não posso?, pensou a caçula, sentindo uma pontinha de satisfação.

— Tudo bem — resignou-se June, passando os dedos curtos pelos cabelos e mudando de tática. —Você já tem idade suficiente. Tem que entender que eu *precisei* fazer o que fiz. — Aisha ergueu parcialmente as sobrancelhas. —Você sabe muito bem como as coisas estavam. Eu me vi num beco sem saída. Deixei bem claro que não conseguia mais ficar naquela casa. Eu não deveria ter te deixado, mas precisei.

Então, Aisha respondeu bem alto, porque, para ela, aquilo era simplesmente *ridículo*:

— E eu? *Eu* precisava de você!!!

June ficou quieta.

— Eu precisava que *você* não desaparecesse! — esbravejou Aisha, em seguida cerrando os dentes mais uma vez, ainda sem olhar para a irmã.

— Só que eu não sabia, ou não percebi, o quanto — replicou June gentilmente. Então, hesitante, em meio ao silêncio, disse: — Mas você precisa enxergar meus motivos. Eu sinto *muito* por não ter entrado em contato, eu não sabia como.

Isso fez com que a raiva da Aisha transbordasse e contaminasse sua voz, cada sílaba saindo cortante.

— Eu não dou a mínima pros seus motivos.

— Então o que que eu posso fazer? — lamentou June após um momento, parecendo sufocada, o que apenas irritou Aisha ainda mais.

— Você não pode simplesmente pedir *desculpas* — disse a mais nova, zombando da palavra. A crueldade em sua própria voz a surpreendeu.

— Não estou *apenas* pedindo desculpas, estou tentando me explicar! — exclamou June.

— Ora, agora é tarde demais, não acha? — rebateu Aisha, sarcástica.

— Preciso que você preste atenção — pediu June, a voz quase severa, como a de uma irmã mais velha, algo que Aisha não ouvia havia anos e que a deixou incrédula e furiosa ao pensar que a outra sentia que ainda tinha o direito.

— Quando você foi embora, lembrar ficou difícil demais pra mim. E você sabe que a Mak nunca fala sobre isso. *Eu* precisava me lembrar da Nek Kah, do Nek Dan e do Pak. *Eu* precisava que *você* ao menos telefonasse de vez em quando, mas isso nunca aconteceu. *Eu* precisava da sua ajuda e que você não fosse embora, *mais* do que *você* precisava ir, e quer saber? Eu te odeio por isso.

Aquela era a sua única irmã. Aisha vomitou as palavras no espaço entre elas duas.

— Odeio você por ter ido "se encontrar", ou sei lá o quê, e me abandonado, e agora... agora eu nunca terei a *minha* vez. Odeio você por ter ido embora e ignorado que eu queria fazer medicina em

Edimburgo e trabalhar em Kuala Lumpur, e odeio você por ter vivido três anos repletos de tudo o que queria enquanto a Mak tentava fingir, e mal, que não havia nada de errado. Te odeio porque *você* me fez odiar ela, mas como eu poderia odiar a minha própria mãe quando ela estava se esforçando tanto para não desmoronar de vez? Mas você… Era para sermos *nós*!

A brisa soprava suavemente e as folhas farfalhavam. Aisha olhou para cima, para os galhos e a luz dourada que entre eles permeava, e deu o seu melhor. As folhas, a luminosidade, a maré de sentimentos que ora avança, ora recua, como o vaivém das ondas.

— Mas ainda somos *nós* — disse June.

— Pra mim está bem óbvio que não! — Aisha sentiu que havia sido clara, mas não se sentia melhor por isso.

June, então, disse bem baixinho, como se estivesse sussurrando:

— Perdão, Aisha. Eu sinto muito.

Aisha olhou para a irmã, que repetiu:

— Sinto mesmo, de coração. Me desculpe. Eu não pensei muito em você, né?

— Não. Nem um pouco.

Aisha queria que ela parasse. Odiava com todas as forças como ela poderia simplesmente pedir *desculpas*, como se fosse uma espécie de poderosa pomada cicatrizante, como se os últimos três anos nunca tivessem acontecido. Como se sua pele não coçasse e coçasse e *coçasse*.

Ela odiava o fato de que provavelmente acabaria perdoando a irmã de qualquer jeito. Como não poderia, tão perto do fim? Esse era o problema: não haveria mais vida para se viver. Não haveria mais mágoas, ressentimentos, rancores a serem guardados, mesmo quando tudo que queria era se apegar a eles.

June franziu a testa. Os olhos estavam angustiados e arrependidos, embaçados pelas lágrimas que ela ainda não havia derramado. Aisha tentou ignorar isso intensamente, mas não conseguiu. Até então, sentia raiva, mas ela ainda era sua irmã mais velha. E sempre seria.

— Só sei que, apesar de tudo, eu precisei ir embora. — O olhar de June procurou o de Aisha, como se precisasse ser absolvida ou mesmo perdoada por dizer isso, e o fez mesmo sabendo que seria bem difícil. — Não estou me desculpando por ter saído de casa, mas pelo que isso te causou... Eu me sinto uma *bosta* — confessou June. — Por não ter telefonado, por não ter voltado, não ter dado sinal de vida, e tudo isso só porque eu estava com medo do que você e a Mak diriam. Esse foi o motivo. Eu estava tão, tão assustada...

— Não justifica. Isso não é motivo — rebateu Aisha.

— É o único que eu tenho, e é sincero, e é por isso que eu sinto muito. Por isso... por isso eu não sei o que fazer. Como consertar o que se quebrou entre nós, ou até mesmo se é possível.

— Talvez não seja — disse Aisha, e desviou o olhar quando o rosto da irmã se contraiu totalmente, quando June começou a chorar.

Houve um longo período no qual nada foi dito, mas June soluçou alto, um soluço agudo e de um jeito quase desesperado, como se a irmã caçula tivesse...

Como se estivesse de luto pela irmã. Aisha não olhou para ela. Simplesmente não o fez. June chorou e chorou, mas tentou se recompor, ofegante. Aisha pensou nela falando que não se desculpava por ter ido embora, mas que estava assustada demais.

— Eu trouxe os seus lençóis cor-de-rosa — disse, porque por mais irritada que estivesse, ela ainda era sua irmã. E estava ali. June não tinha nada que estar de luto por alguém ainda vivo.

Aquela June arrasada se recompôs um pouco, fungou e limpou o nariz com as costas da mão.

— Aisha, me *perdoe* por não ter voltado. Eu prometo que farei *o possível* para...

Olhando para ela daquele jeito, com ranho escorrendo pelo nariz, a raiva de Aisha diminuiu um pouco. Pelo menos não era avassaladora. Aquela ainda era sua irmã mais velha e ela não deveria deixá-la daquele jeito, com o coração totalmente partido.

— Bem — disse ela, tentando afastar qualquer emoção da voz. — Acho que você de fato precisava, ou algo do tipo, sei lá, fazer aquele lance do Kerouac.

— Mas você... precisava... de mim — concluiu June, ainda fungando, e Aisha confirmou com a cabeça. — Achei que você ficaria bem... A Mak era bem mais tolerante contigo, e ela melhorou muito, e imaginei que faltavam somente alguns anos e que você sobreviveria. Não telefonei porque os meses foram passando e imaginei que você estava morrendo de raiva de mim por eu ter feito o que fiz, então eu não... *consegui*. Não pensei em você, nem no quanto viria a precisar de mim. E sinto muito, muito mesmo, por isso.

— Eu não te odeio, de jeito nenhum — disse Aisha, depois de um tempo.

— Eu amo você — declarou June, naquele instante chorando de peito aberto.

Aisha se aproximou devagar até conseguir colocar os braços sobre os ombros da irmã e tocar sua cabeça cor-de-rosa. June sempre chorou melhor: de raiva, angústia ou luto, as lágrimas dela sempre corriam *tãããão* livremente... A garganta de Aisha estava apertada, e o ressentimento fervente que sentia pela irmã havia perdido força muito rápido, como num passe de mágica, se é que não havia simplesmente desaparecido, mas ela não conseguia chorar.

— Você me conta o que andou fazendo durante esse tempo todo? — pediu ela baixinho, enquanto o sol desaparecia, cansado. — Tim-tim por tim-tim.

June relatou ter trabalhado e economizado para engordar a poupança que os avós lhe haviam deixado, contou sobre o Irã e a Bolívia, a Argentina e a Coreia do Sul, Roma e Luxemburgo. Aisha não conseguia falar; todos aqueles haviam se tornado lugares inacessíveis. Novamente, June estava contando histórias no espaço entre elas duas e, mais uma vez, eram histórias, digamos, muito inatingíveis para Aisha. Histórias sobre avós que ela mal conhecera e um pai cujo cheiro lentamente desaparecia. Eram histórias sobre grandes e belas ruínas, oceanos cintilantes, cidades ensolaradas e o frio das montanhas que a caçula jamais veria de perto. Para Aisha, a morte sempre dava um jeito de aparecer para roubar aquelas lembranças, a história das histórias e a promessa de histórias futuras. June sempre cruzava a linha de chegada, enquanto Aisha mal havia começado a correr.

June contou a ela sobre o retorno ao país, a viagem para Malaca e como conhecera James e a mãe moribunda ao longo do caminho.

— Senti tanto a sua falta, garota — disse ela.

Você até que teve uma vida inteira, Aisha sentiu vontade de dizer. Mas ela se sentia roubada, magoada e desmembrada. A ferida abriu, cicatrizou e voltou a abrir, diversas vezes. Entretanto, as palavras de June se derramavam pelo crepúsculo, tão suavemente acolchoado quanto as patinhas do Pulguento, retratando sua vida para a irmã mais nova e fazendo-a reconstruir suas fragmentadas lembranças. A raiva incandescente desapareceu naquele momento e Aisha ficou apenas ouvindo, como sempre fazia.

Uma História sobre Walter

(dois anos e oito meses atrás)

— Veja, o problema é que você está deduzindo que a Cleópatra gostava do Marco Antônio — disse um menino da turma de Aisha, que usava uma camiseta com a estampa de um buldogue, para em seguida começar um discurso sobre por que a ideia de que havia reciprocidade de afeto poderia ser refutada. Haveria carinho e amor, e não apenas interesses políticos?

Aisha se recostou na cadeira e destampou a caneta, perguntando-se se deveria anotar aquilo. Ela queria discutir o assunto com algum colega, mas não tinha nenhum. Estava naquele programa de estudos havia uma semana e não se empenhava nem um tiquinho para fazer novos amigos.

Não que Aisha não quisesse, é que precisava fazer muito *esforço* para isso. Ela vinha gastando toda a energia que tinha tentando curar a ferida aberta em seu quarto. A pele nova ainda não tinha sequer começado a cicatrizar, e olha que já haviam passado três meses.

Entretanto, o menino também se recostou na cadeira e Aisha abriu a boca quase sem querer.

— Cleópatra não podia demonstrar fraqueza. Ela governava uma nação e, como mulher solteira, tinha que ser muito, muito cuidadosa com a forma como era vista e julgada pelos seus pares do sexo masculino — retrucou ela. — Isso não significa que ela não se importava.

O menino, que logo se apresentaria, virou-se na cadeira para encará-la. Aisha observou os olhos castanhos, os cabelos macios, a curvatura dos caninos enquanto ele sorria, encantado, para ela.

Mais tarde, ele a alcançou e disse:

— Opinião interessante. Não que eu concorde com ela, mas...

— Por acaso você tem algo contra mulheres em posição de poder? — questionou Aisha, soando estranhamente como uma provocação.

— Só contra a Cleópatra — respondeu Walter, acompanhando o passo.

A voz dele era tão calorosa que a transportou para uma ensolarada manhã de domingo e para uma aconchegante cozinha com cheirinho de bolo assando ou roupa recém-lavada, e, nesse caso, Aisha não precisou fazer muito esforço para aceitar a companhia dele.

Walter gostava de um monte de coisa, jamais escolheria ou focaria em apenas uma ou duas, e sempre tinha apetite para mais. Adorava documentários sobre corais, filmes da DC e reality shows ruins. Adorava gatos, esquilos e bichos-pau, bem como sonhava com uma superviagem de férias com a família, amava as complexidades da álgebra e a engenhosidade e a criatividade necessárias para se construir todo um mundo de faz de conta nos livros de fantasia.

Ele era tantas coisas porque não conseguia escolher apenas uma. Era míope, mas pretendia um dia deixar de ser, e ficava irritadiço com pessoas que fingiam saber mais do que de fato sabiam. Era mimado e doce, genioso e firme, tão teimoso quanto ela e muito, muito mais inquieto. Ele era engraçado de um jeito que fazia até os mais introvertidos sorrirem, e era empático a ponto de fazer qualquer um se sentir ouvido. Aisha não sacou isso tudo naquele primeiro dia, claro, mas aprenderia a amar intensamente cada uma dessas características.

Walter e Aisha trocaram mensagens de texto até que, certa noite, ele telefonou para ela, e então os dois conversaram até o dia raiar, algo dentro dela se transformando em um doce desejo. Ele a levou para jogar paintball e visitar galerias de arte moderna, xingando um ao outro quando os tiros erravam o alvo e tentando fazer observações inteligentes sobre instalações confusas. Ela o levou para passear de caiaque e comprar comida, e eles quase bateram com o caiaque nas pedras, e compraram lanches de aparência duvidosa em food trucks, mas que estavam deliciosos. Eles foram à praia e deram as mãos na beirinha. Ela o observou — todos os seus contornos nítidos e os movimentos despreocupados — e desejou umas coisinhas que não conseguia nomear, uma vontade gostosa que a aqueceu por dentro e por fora.

Aisha se lembrava de coisas tranquilas e afáveis ao pensar nele — na luz dourada do pôr do sol e no calor que o sorriso da mãe emanava. Pensava em lençóis limpinhos e no pelo aveludado de um gato. Havia algo dentro dele que era ao mesmo tempo infinitamente gentil e incessantemente agitado, a promessa perene e o início de tantas coisas diferentes. Deu certo.

Apaixonar-se por ele não foi algo repentino e chocante. Não houve surpresa, nenhum tsunami se aproximando que ela não tivesse percebido, não foi dramático, tampouco envolveu nada tão assustador e violento como uma paixão arrebatadora. Aquilo crescia, crescia e crescia dentro dela, até que, uma hora, Aisha já não conseguia mais suportar aquela sensação de pura felicidade, como um gigantesco balão movido a hélio. Ela contou a Walter sobre June e examinou com cuidado a ferida, descobrindo então que a pele nova resistia, talvez devido ao bálsamo que era o olhar firme dele. Ela o recebeu em casa e observou Esah o avaliando em silêncio enquanto Walter examinava seus cadernos de receitas em genuíno agradecimento por ela permitir, e ajudou no jantar e assistiu à sogrinha dele aprender a amá-lo também.

Talvez uma das coisas que Aisha mais amava em Walter, no final das contas, era o fato de ele estar sempre presente de corpo e alma; quieto, mas nunca desatento. Debatia sobre livros com ela, cantava desafinado os hits que tocavam no rádio e atirava bolas de tinta com arminhas de paintball como se estivesse numa guerra real. Argumentava com ela e a amava *também* intensamente, coisa que podia ser vista ali mesmo, em seu olhar inabalável.

Aisha entrou no quarto naquela primeira noite e desejou poder contar cada detalhe a June sobre ele.

Aisha Encontra um Livro

(presente)

Durante o tempo em que Aisha ficou do lado de fora, Elizabeth, Walter e Esah prepararam os quartos. Lençóis que cheiravam a guardado foram tirados dos armários — *Amanhã vamos lavá-los, mas só por hoje vão servir* — e os colchões então forrados. Um quarto para Elizabeth e Robert e um para Walter no segundo andar, um para Esah e outro para Aisha, no primeiro. June e James dividiam o do fim do corredor; o menino ao lado do colchão dela, numa cama em formato de carro.

Esah observou as filhas com uma certa ansiedade enquanto entravam, e Aisha sorriu cansada para a mãe.

Era assim que ela se sentia: cansada. Como se depois de toda aquela raiva, o poço que armazenava sua energia tivesse secado. O jantar foi tranquilo, e Elizabeth e Robert se retiraram mais cedo. June levou James para a cama depois que ele, na cozinha, cochilou com a cabeça no ombro dela.

No quarto de Aisha havia uma poltrona e um pequeno sofá bege--claro, bem macio, com mantas jogadas sobre o encosto. Aisha se deitou nele e abriu um dos romances malaios da Nek Kah, repleto de tórridos casos amorosos e lágrimas. Havia uma dedicatória na primeira página:

Anika, Selamat hari jadi, sayang. Hati saya hanya milik awak, selama--lamanya. Danial

Aisha passou o dedo lentamente pelas palavras. *Anika, Feliz aniversário, minha querida. Meu coração é eternamente seu. Danial*

A luz do lampião já estava enfraquecendo quando Walter afundou no sofá ao lado dela. Aisha não se virou para olhar para ele, mas inclinou a cabeça até encostar no ombro do namorado. Ele cheirava a uma mistura bem levinha de suor e colônia.

Walter pressionou o nariz no topo da cabeça dela.

— Tá chateada comigo? — perguntou.

— Eu nunca fico chateada com você — respondeu, o que era verdade.

A raiva crescera dentro dela e fora descontada, de uma forma, digamos, inacreditável, em uma das poucas pessoas que ela amava tão profundamente; mas jamais descontaria *nele*. Depois que parou de sentir raiva, ela não sabia nem dizer qual o motivo de ter sentido tanta raiva.

— Hum — retrucou ele, bem do jeitinho de quem não acreditava no que estava ouvindo. — Mas pareceu muito que estava.

— Estou com raiva de tudo — disse Aisha, surpresa com essa verdade depois de verbalizá-la. — Acho que estou projetando. Sei lá.

— Da sua irmã?

— Sim — confirmou. — Mas pode ser que eu não esteja mais. Sei lá. Ou ainda esteja e apenas não tenha mais tempo para estar. Tô confusa.

— Ainda assim isso é raiva — comentou Walter.

— Mas acho que pode ser mais do que isso. — Muito mais, muito mesmo, como se de suas velhas raízes estivessem brotando novas, e isso causasse uma certa irritabilidade. — Não percebi o quanto estava irritada até dizer todas aquelas coisas para a June.

Ela contou a ele sobre o que aconteceu lá fora, como se sentiu, sentada sob a árvore e a voz se elevando por causa de algo que parecia muito com alívio, e depois contou sobre as lágrimas da irmã, encharcando seu ombro e higienizando antigas feridas.

Como sempre, ele a ouviu, atento e quieto, e então disse, sucinto:

— Portanto, não é de fato só com a sua irmã. Você está mesmo com raiva de tudo.

— Disso eu não tenho certeza absoluta — admitiu Aisha. — Ainda estou só *começando* a ter.

— Então você sabe que a culpa não é minha — disse Walter, em um tom que foi uma mistura de pergunta e afirmação.

— Sim, eu sei que não é sua. — Neste momento, Aisha se virou em seu ombro e olhou para ele bem de perto, os narizes a dois centímetros de distância. — Eu sinto muito por isso.

— Devia mesmo — retrucou Walter, sério, um olhar cristalino. — Você anda irritada há meses. — Ele suspirou. — Não é que eu não entenda, Sha, mas enquanto pudermos quero ser *feliz* com você.

— Acho que eu não sei como expressar as coisas direito — disse ela. — Eu sinto muito. Eu... Walter. — Ele tinha desviado o olhar, e ela se mexeu para buscá-lo novamente. Estava exausta e era mais fácil ser sincera. — Eu havia planejado ficar ao seu lado por *muuuito* tempo, e é por isso que fico tão irritada quando você está por perto.

— Acha que continuaríamos juntos para sempre? — perguntou Walter. — Se isso tudo não estivesse acontecendo?

A cabeça de Aisha foi longe enquanto pensava no futuro deles ali, bem diante dela, na progressão das décadas deles dois. Teriam noivado alguns anos após a faculdade e economizado dinheiro para comprar um lar. O Pulguento se mudaria com eles para o primeiro apartamento e miaria para o cocker spaniel, a tartaruga ou o porquinho-da-índia. Ou para os três! Eles iriam ao cinema do bairro à noite e Walter entraria no quarto da maternidade segurando um agitado bebê nos braços.

Eles chamariam o primeiro filho de Amin, o tio Amin já havia falecido, e ela não tinha lembranças dos avós paternos. Mal conseguia se lembrar do pai. Uma hora já não restaria ninguém para se lembrar. Ah, ela estava *tãããão* cansada.

Walter passou a mão na bochecha da namorada, com muito carinho, quando Aisha não respondeu.

— Boa noite, Sha — disse e beijou um rosto soturno, os cílios frágeis contra a curvatura da bochecha dele.

A sensação do toque permaneceu na pele dela. Aisha quase disse *Não vá*, mas acabou ficando em silêncio. Walter subiu as escadas com passos leves e não desceu mais.

James

(presente)

Aisha dormiu até tarde de novo, e por mais tempo do que jamais havia dormido. Os raios quentíssimos da luz do início da tarde penetravam pela persiana do quarto, decorado com uma temática floral, um armário e a cabeceira da cama, ambos de madeira escura e maciça. Ela estava molhada de suor, então afastou mechas pesadas de cabelo do pescoço, sentindo um alívio imediato.

O relógio marcava duas e quinze, e ela se levantou bruscamente, perguntando-se como alguém a havia deixado dormir até aquela hora.

A porta abriu com um rangido. Aisha foi ao banheiro jogar água fria no rosto e prender os cabelos. Sentiu-se um pouco melhor, mas ainda estava cansada, a exaustão entrando e saindo da consciência e fazendo-a ficar estrábica com o esforço de se concentrar. A cabeça parecia pesada demais para ficar erguida, e quando tentou focar no que fazer a seguir, os pensamentos se afastaram lentamente.

Quando retornou ao quarto, levou um susto. O pequeno alguém estava sentado em seus lençóis rosados, balançando as pernas para fora da cama.

— Bom dia, James — cumprimentou, ainda com a mão espalmada no peito.

— Oi, Aisha! — exclamou o menino. — Eu vim chamar você para almoçar.

— Obrigada, amiguinho — disse ela, sem muito entusiasmo —, mas... é que eu estou me sentindo tão desanimada...

James bateu na estrutura da cama com um pouco mais de força nos calcanhares.

— Você foi boazinha com a June? — perguntou ele. — É que ela estava com cara de choro ontem à noite. E eu não gosto de ver a June chorar.

Aisha se perguntou o quanto James se lembrava da própria mãe.

— Não. Ou melhor, sim, fui, o choro dela foi de felicidade. — Na verdade, não foi bem isso, mas sua cabeça estava pesada demais para explicar direito. — Ficamos felizes porque foi a primeira vez em muito tempo que sentamos para conversar.

— Ah, tá — disse James, aceitando a explicação sem questionar. — Então tá tudo bem. É que a June chora por tudo. Ela diz que todos devem sempre botar pra fora as emoções.

— Sei muito bem como é, amiguinho — replicou Aisha. — Ei. — Ela pensou na mãe, vazia e inexpressiva durante anos. — Você sabe que a June se preocupa demais com você, né?

James fungou.

— É claro que eu sei — respondeu ele, com um ar de quem achava que Aisha estava por fora do que vinha acontecendo. — Ela me ama, e ela sempre me diz. É por isso que a gente tá construindo aquele bunker enorme, porque ela me ama tanto que quer que eu fique seguro.

— Ah — soltou Aisha.

James, com seus olhos brilhantes e pernas inquietas que chutavam sem parar, não parecia acreditar em nada, a não ser na poderosa proteção de June.

— A June sempre diz que a minha mãe também me ama muito — contou James, claramente achando que Aisha era uma boa candidata a amiga, agora que ele tinha certeza de que ela não havia magoado June. — Mas minha mãe precisou ir embora porque ficou doente.

— Tenho certeza de que sua mãe te ama muito — assegurou Aisha, sentindo de repente algo se rasgar, rasgar e *rasgar* dentro dela, fazendo-a afundar na cama. — Muito mesmo.

— Sim, eu sei, não acabei de te dizer isso? — retrucou James, exasperado. — Você não tava prestando atenção?

James tinha pintinhas no pescoço e passava a mão nos cabelos para penteá-los para trás toda hora. O que dele havia sido herdado da mãe? Quem era essa mulher, que teve que ir embora, mas que deixou o filho com alguém que o amaria e cuidaria dele? Será que isso foi antes ou depois de saber que nada adiantaria de nada, que não haveria futuro para o seu menino? Aisha não conseguia, não mesmo, deixar de pensar na nova dor que sentia por aquela mulher. E doeu, repentina e surpreendentemente. Um sentimento sem sentido? Pode ser, mas ela se sentiu despedaçada.

— De qualquer forma — disse James, impaciente —, eu tô com fome, então vou descer. É melhor você descer logo ou a comida vai acabar, porque eu tô com *muuuita* fome.

Aisha conseguiu dizer um *Ok* e observou James chutar a madeira da cama mais algumas vezes antes de sair dali com um suspiro forte.

— Tchau! — exclamou ele ao se despedir.

— Tchau, James — retribuiu ela.

Algo parecia estar se dilacerando dentro dela, rasgando a pele nova, e Aisha percebeu que não conseguiria descer para o almoço.

[illegible] que ele tinha certeza de que ela não havia [illegible]

[illegible] — Mas [illegible] sempre porque [illegible].

— Tenho certeza de que [illegible] — [illegible] algo [illegible] dentro del[illegible] — [illegible].

— Sim, eu sei. [illegible] de dizer isso? — [illegible] James, [illegible]. — Você [illegible] atenção.

James [illegible] passado e [illegible] da [illegible] que [illegible] que [illegible].

— [illegible] que [illegible].

[illegible] dizer que [illegible].

— [illegible] — continuou ele.

Ele [illegible].

A Mudança

(oito anos atrás)

— Não posso mais ficar aqui — anunciou Esah.

Foi o fim da discussão. Algumas semanas depois, elas saltaram do táxi e olharam para a casinha, três meses antes do décimo aniversário de Aisha. Tinha dois andares e era muito quadrada, como um desenho feito por uma criança. As paredes eram de um tom suave de azul e a porta de entrada era verde-limão. Na parte da frente havia um trechinho de grama seca e queimada. Em vez de uma cerca viva, uma tela de arame galvanizado parecia serpentear ao redor do terreno.

Custou para Esah dar o primeiro passo, contudo, assim que o fez, sentiu que ficou menos difícil dar o segundo. Aisha enfiou o polegar na boca e a seguiu, mas June tomou a dianteira, empurrando a tela de arame e dando o primeiro passo, agora já dentro de casa.

Aisha tirou os sapatos e foi atrás da irmã.

— Que legal! — exclamou June. — Olha só como está firme esse piso de tábua corrida e que cozinha aconchegante. — Manteve o fluxo constante da conversa, tirando fotos e fazendo comentários mil. Apontou para o sofá e para a "charmosa, vintage e antiga" televisão com antenas pontiagudas que vinham com a casa. Em seguida, subiu a escada e chamou por Aisha. Lá de cima comentou sobre a cama perto da janela, aquela com uma vista "muito maneira".

Aisha continuou com o polegar firme dentro da boca até que Esah, cansada de ver aquilo, ordenou que o tirasse. Ela estava sentada na cozinha com o cotovelo apoiado nas costas de uma cadeira de aparência frágil e a cabeça no punho. Aisha obedeceu.

— E o banheiro está tão… tão *limpinho* e o bidê funciona perfeitamente e… — prosseguiu June juntando uma frase na outra.

A mãe não deu bola; nem sequer olhou para cima.

A cozinha seguia muito silenciosa, mesmo com a voz da filha surgindo de tudo quanto era canto da casa. À primeira vista, parecia muito diferente da casa de Kuching, de azulejos claros e brilhantes, ramos de flores por todos os lados, os janelões e a coleção de cachimbos do Pak a decorar a sala. Aquela casa sempre cheirava como se algo delicioso estivesse assando no forno.

— Tô com saudade do Pak! — exclamou Aisha, do nada, sentindo uma vontade terrível de chorar, e subiu as escadas.

As últimas semanas pareciam estar culminando em uma crise horrível e pesada, e Aisha queria chorar; queria soluçar, gritar e se fazer ouvida. Queria voltar para casa, mas isso não seria possível. Essa vontade — a gota d'água — fez com que as lágrimas surgissem; elas brotaram, lentas e cheias de angústia, e começaram a escorrer cada vez mais rápido. Sentada no patamar do segundo andar ela olhou para a mãe através de um véu embaçado e desejou ser abraçada.

Esah não levantou a cabeça, embora estivesse ouvindo o ofegar e os soluços da filha. Aisha quis parar — *Não podemos dificultar as coisas para ela*, June disse só com um olhar reprovador —, mas o nó na garganta não desaparecia. Ela cerrou os punhos e tentou recuperar o controle, chorando o mais baixinho que pôde.

Quando finalmente conseguiu, limpou furiosamente a umidade nas bochechas, engolindo o restante das lágrimas e do choro. Esah se levantou e subiu. Por um instante, se agachou e colocou as mãos no ombro da caçula, mais por instrução do que por conforto, e apenas disse, num tom de voz sem emoção e que não admitia questionamentos:

— Temos que começar a faxina já. — Ela ainda não olhava para Aisha.

Quando Aisha ficou de pé, Esah se pôs a descer os degraus e a menina a seguiu sem questionar.

Aisha já sabia que aquele tom de voz significava que não deveria perturbar ainda mais a mãe, ou ela ficaria ainda mais aérea e vazia. Esah ficara assim diante do túmulo do marido, mas não derramara nem uma lágrima sequer, mesmo quando até os parentes distantes choravam à sua volta. Chegara em casa e nada de lágrimas, nem mesmo enquanto June chorava durante todos os jantares e Aisha olhava ao redor da cozinha, outrora o cômodo onde a família estivera sempre reunida, com seus azulejos brilhantes e os ramos de flores agora murchas, sentindo-se perdida e à deriva.

Ela havia decidido cruzar o país sem chorar, mesmo enquanto June repetia, cada vez mais angustiada, *Não, não, não*, e Aisha concordava, também cada vez mais angustiada, *Não, não, não.* Esah havia levado as filhas até ali de avião e decidido que se mudariam para uma casa desconhecida, com uma porta verde brilhante que parecia zombar do buraco que o pai havia deixado na vida delas três e, naquele instante, ela guiava Aisha firmemente escada abaixo, ainda sem chorar.

A Verdade, de Novo

(presente)

A verdade pura e simples é que Aisha continuava irritada com tudo. Sentia raiva do sol forte e do enorme buraco no quintal, dos longos sumiços do Pulguento e das pernas curtas porém elétricas de James. Sentia raiva do lindo jardim que os pais de Walter cultivavam com esmero, bem como dos álbuns de fotografias que Elizabeth teimava em seguir montando para, quem sabe um dia, mostrar aos netos. Sentia raiva daquela casa lá em Ipoh, onde o namorado chupava os dedinhos dos pés quando bebê, e da praia em Penang, que mais parecia um memorial vivo. E se sentia assim em relação a Walter, afinal, como alguém que sabia que em breve perderia uma pessoa que amava tão profundamente conseguia se manter feliz da vida? Como ele era capaz de suportar perdê-la, mesmo que para uma morte coletiva? Como parar de ficar com raiva das pessoas, mesmo sabendo que elas não tinham escolha?

Aisha estava com raiva da irmã e da mãe, e se sentia assim porque nunca aprendera a lidar com a tristeza. Ela não fora ensinada a ficar de luto pela perda do pai. E se nem sequer havia aprendido a chorar por ele, ou por um certo alguém que tanto amava e havia virado as costas e partido, como deveria lamentar o fim do mundo?

Confusa, Aisha encostou a testa na cabeceira de madeira maciça e pensou em como aquilo havia sido previsto. Angustiada, pensou no fogo, na fumaça, nas gigantescas ondas e na terra tremendo e rachando. Pensou também na luz do sol. Ela estava com raiva e muito, muito irritada.

Ao reencontrar a filha mais velha, Esah finalmente tinha chorado; June com certeza havia chorado todos os dias. Aisha ficou *furiosa* por não estar fazendo o mesmo. Entretanto, não era uma raiva borbulhante, *encharcante*, do tipo que surgia terrível e descompassada, mas sim que a pressionava de um jeito lento, pegajoso e úmido.

— É... — disse Aisha, e teve que recuperar o fôlego duas vezes. — É — disse novamente, sentindo-se muito vazia com tudo. Arif costumava ler para ela na cama; ele a envolvia com seus braços de urso, enormes e firmes, a voz baixa e fluente. Ele havia definhado, pele e osso, e finalmente apodrecido na terra. — Boa noite, Lua! — exclamou ela, um tanto zangada.

Aisha se perguntou se estava com vontade de chutar o chão ou dar um soco na cabeceira da cama, e tentou ambas as coisas, mecanicamente, sem nenhuma emoção. Primeiro, um baque no piso de madeira, e logo depois os nós dos dedos doeram. Talvez aquilo nem fosse *raiva*, fosse... e se fosse, era pesada demais e, ao mesmo tempo, esculpia algo úmido e vazio nela.

Pulguento miava e miava o tempo todo. E se o mundo ruísse por completo? Quem iria alimentá-lo? Aquele gato idiota tinha cor de curry, e nem era do tipo bom; parecia curry estragado. Onde Walter estava com a cabeça quando inventou de levá-lo para casa? Pulguento provavelmente tivera sessenta e sete filhotes bastardos — e nenhum deles sobreviveria. Participara de trinta e duas brigas e estava prestes a virar um faixa preta, e nada disso teria mais a mínima importância.

Aisha tentou respirar, o que mal estava conseguindo fazer. Esticou os dedos e os dobrou nas palmas das mãos, repetindo a ação algumas vezes, apertando-os com força, sentindo a leve ardência. Assim, ela sabia que estava ali, ainda estava ali. Havia um nó em sua garganta e uma loucura em sua cabeça. Estava odiando aquele dia, mas ele em breve terminaria e lhe restaria apenas uns poucos mais. Estava odiando a mãe e a irmã, pois amá-las parecia ser difícil demais naquele momento.

Ela se deitou e *sentiu* o ódio — feroz, pesado e viscoso. Poderia estar se sentindo assim havia horas, não sabia dizer. Fechou os olhos e sentiu-se atormentada por isso, a garganta sufocada, algo tentando sair violentamente.

No final, o que escapou foi um som descuidado e incompreensível, pelo qual Aisha não esperava: repentino, uma nota musical quebrada. Mas depois do primeiro, outros o seguiram, selvagens e feios, incapazes de serem contidos ou controlados. Pressionando as mãos no rosto para abafá-los, ela percebeu que toda aquela umidade pegajosa não era mais apenas uma dor intensa. As lágrimas molhavam seu rosto e escorriam pelas bochechas.

Ela estava chorando, e a constatação lhe causou surpresa.

Não, não era só isso. De repente, ela estava soluçando de tanto chorar, de um jeito descontrolado e entrecortado, cada vez mais alto. Era o tipo de choro que significava que a pessoa precisava se ajoelhar e se encolher para afastar a dor. Soava mais como uivos do que qualquer outra coisa.

As lágrimas não paravam. A cabeça doía, mas ela não conseguia parar, já sem fôlego e ofegante.

Aisha enfim chorou, chorou e chorou. O tempo havia parado. Ela não sabia quanto já havia passado, mas estava agarrada ao cobertor, sentindo-se como se de repente estivesse se afogando.

Ela queria ser abraçada. Ao mesmo tempo, pensou que poderia morrer se alguém a visse daquele jeito.

Por fim, Aisha percebeu, com a respiração estremecida, que havia bastante ranho no cobertor, e essa observação irrelevante a ajudou a voltar, voltar um pouco mais para si mesma. Com os membros pesados, ela se moveu até ficar sentada, pegou lenços de papel e limpou o cobertor. Assoou o nariz várias vezes e sentiu a cabeça latejar.

Quando conseguiu respirar pelo nariz, fechou os olhos e deitou-se novamente. Na sua cabeça modorrenta, o vaivém das ondas acalmava-a um pouco. O mar indo e voltando, indo...

Os raios do sol perderam força e se transformaram em rajadas douradas. Walter estava deitado na toalha, mas ela não conseguia ver os olhos dele, contudo, sabia que estavam de um tom castanho-claro, quase âmbar, sob aquela luz. Ele construía um castelo com seus dedos habilidosos e cavava um fosso, pedia um sorvete e segurava o rosto de Aisha com mãos quentes e gentis. Na cabeça dela, as ondas iam, vinham e voltavam, sem parar. O sol estava prestes a se pôr.

Um Dia para Botar o Sono em Dia

(presente)

Aisha abriu os olhos e se sentiu vazia. Não sabia por quanto tempo tinha voltado a dormir. James retornou e chutou a porta, já que o som parecia vir de baixo.

— Vou descer já, já! — exclamou.

Ela não tinha a menor intenção de fazer isso. Estava deitada em posição fetal, exaurida, a raiva remanescente sugando-lhe as forças. Sentia-se como um bagaço de… de sei lá o quê; nem ao menos parecia ser de si mesma.

June foi a próxima a bater, e fez isso duas vezes. Aisha a imaginou com a orelha encostada na porta, afastando os cabelos cor-de-rosa e prestando atenção para ouvir qualquer sinal de vida.

— Sha? — June chamou. — Você não vem comer?

— Não estou com fome — respondeu Aisha, tentando imprimir um pouco de energia na voz para que a irmã não ficasse preocupada e insistisse. — Pode guardar minha comida para mais tarde?

Houve uma pausa.

— Tudo bem — disse June, hesitante, como se estivesse lutando para falar a língua dela novamente.

Deve ter tirado mais um belo cochilo, pois já era final de tarde e Esah estava batendo com força na porta, cada pancada reverberando em seu crânio. Aisha levantou a cabeça do travesseiro, agora cansada de tanto dormir.

— *Sayang* — disse a mãe —, você está bem mesmo?

— Sim, Mak — respondeu Aisha —, só um pouco molenga. — A voz soou enferrujada, como se precisasse de muito esforço para botar as palavras pra fora.

— É que você não comeu nada — a mãe explicou o motivo da preocupação. — Vou buscar sua comida.

Aisha não respondeu, não porque estivesse emburrada ou zangada, mas porque demandava muita energia.

— E você precisa beber água — acrescentou Esah antes de ir embora.

Quando ouviu de novo os passos da mãe, ela pediu:

— Por favor, pode deixar aí do lado de fora? Vou tirar um último cochilo. Prometo que será o último.

Não houve resposta, o que era um bom sinal, mas antes que pudesse voltar a pegar no sono, alguém bateu.

— Aisha? — chamou Elizabeth.

— Sim, tia — respondeu ela, depois de treinar a voz para soar o mais educada possível.

— Estou deixando um pratinho aqui fora — avisou. — Só no caso de você precisar fazer um lanche.

— Obrigada, tia — agradeceu, esgotada embora cercada de gentilezas. Esgotada justamente por isso?

Ela tirou mais um cochilo e não acordou com batidas desta vez. Sentiu que havia alguém na porta.

— Walter? — perguntou, em um palpite não muito arriscado.

— Ah, ela tá viva! Que surpresa! — brincou ele.

— Eu estou bem — disse ela.

— Não, não é verdade — discordou Walter. — Mas... tudo bem, também não quero falar sobre isso. É que você realmente deveria comer ou pelo menos beber alguma coisa.

— Não estou com fome — declarou Aisha, sentindo-se fraca, mas também não aguentava mais dizer que não queria comer e ter o sono interrompido por mais alguém. A cabeça parecia pesar uma tonelada, contudo, ela conseguiu erguê-la. E todos os membros também, concentrando-se em cada um deles. Abriu a porta, e Walter, segurando um belo prato de comida, se aprumou.

Ele ofereceu o jantar e um copão d'água. Havia um segundo prato do lado de fora, cheio de frutas fatiadas, e ele o entregou também.

— Minha mãe — justificou, sem necessidade. — Sua aparência está péssima — comentou, depois de encará-la por um momento.

— Muito obrigada — replicou Aisha, afundando-se no colchão. Quando ele se sentou ao lado da namorada, ela pressionou o rosto, ainda de olhos fechados, contra o pescoço dele.

— Ok, chega de dormir, é hora de comer — disse ele. Aisha ouviu um tilintar de talheres, e Walter gentilmente a posicionou mais para trás, o bastante para segurar uma colher entre os dois. — Agora, abra bem a boca.

— Ei! — protestou. — Não sou criança. — De qualquer modo, ela o deixou enfiar uma colherada em sua boca.

— Claro, claro… — retrucou Walter, pegando outra colherada de arroz e *rendang*.*

De repente, a sensação de ser paparicada daquele jeito foi extremamente boa. Ele murmurou coisas como *Aqui vai mais um aviãozinho* e *Lá vamos nós*, e Aisha teve vontade de bancar a fracote patética, mas, em vez disso, sentiu-se muitíssimo grata e querida. Tudo naquele comportamento dele era repetitivo e previsível, e mais parecia a perene confiabilidade do movimento da maré.

— A gente nunca terminaria se o mundo não fosse acabar — disse ela, do nada. — Eu só preciso é de um pouco de, sei lá, terapia. — A palavra soou estranha. Ela não havia de fato pensado naquilo, a não ser como uma ideia num futuro distante. Tentou então

* *Rendang*: prato tradicional da culinária malaia. Lembra a nossa carne de panela. (N.T.)

descartá-la, como algo que nunca aconteceria e sobre a qual nem valia a pena pensar. — Eu acabaria precisando, de um jeito ou de outro.

Walter franziu a testa, mas não disse nada. Então, Aisha continuou:

— Eu não culparia você se terminasse comigo agora, pela forma como tenho agido.

— Dá pra parar de ser boba? — pediu, o que foi legal da parte dele, antes de oferecê-la outra colherada. — Investi muito neste nosso relacionamento. Um custo irrecuperável, fora... tudo mais. — Ele sorriu para ela, claramente apenas tentando fazê-la sorrir de volta. Os caninos tortos brilhavam. Walter a amava, e ela sabia disso. Era muito bom, bom demais.

Após um tempo, ele perguntou casualmente:

— Você sabia que eu também estou com raiva? — Walter parecia estar no clima de jogar conversa fora, como se estivesse falando sobre alguma trivialidade cotidiana.

— Não — respondeu Aisha, direta, depois de parar e pensar sobre isso por um momento. — Me desculpe, eu... eu sei que é egoísmo da minha parte. Simplesmente não considerei isso.

— É claro que estou — afirmou ele. — E tem como não estar? Você sabia que não vou terminar a minha lista de desejos?

Walter tinha escrito a lista havia um mês, a cabeça inclinada sobre o caderninho de couro e o lápis firme na mão, mas não havia demonstrado qualquer indício de que esperava que existisse um futuro em que ele não completaria cada um dos itens.

Aisha permaneceu em silêncio. Ela não queria que existisse um futuro em que Walter não fosse capaz de fazer todas as coisas, mesmo as impossíveis, que tanto desejava.

— Bem, eu sei que não vou conseguir — disse, extremamente franco e conformado sobre o assunto. — Eu também não sei quem eu seria. Queria experimentar tudo, mas não poderei, e agora nunca saberei como serão as coisas que eu sonhei experimentar. É revoltante. — Walter ainda estava falando com um tom enganosamente calmo, mas o olhar parecia endurecido, fitando o batente da porta ao lado deles. — E então, sabe, tem você, a única coisa da qual eu tenho certeza e que eu também não vou conseguir manter. Isso me deixa furioso.

Nesse instante, ele parou de falar e delicadamente lhe ofereceu outra colherada.

Aisha tentou digerir o que Walter tinha acabado de dizer — agora com olhos calorosos e sua infinita paciência, a maneira como não levantava a voz mesmo quando ela perdia o controle e o clima ficava pesado —, mas descobriu que não tinha como.

— É que... você não parece estar zangado — disse ela, engolindo a comida e tendo cautela com as palavras. Se ele sentia raiva, não era nada parecida com a que *ela* sentia.

— Pode até não parecer, mas estou — replicou ele, e deu de ombros, raspou a colher na borda do prato e prosseguiu tranquilamente: — Só não brigo com você por causa disso.

Aisha presumiu que o comentário era necessário.

— Desculpe — disse ela. — Nunca é a minha intenção, eu não gosto de ficar brigando com você.

— Sou incrivelmente maduro — retrucou Walter, com a cabeça longe dali. — É uma lástima que você tenha que competir com o quão emocionalmente inteligente eu sou. — Em um tom mais leve, continuou: — É claro que eu sei que jamais é a sua intenção, mas espero que você se esforce para evitar. Aqui vai outra colherada. — Ele ofereceu a comida para Aisha e passou os nós dos dedos com carinho na bochecha dela.

Apesar de breve, o toque foi extremamente reconfortante, e a gostosa sensação permaneceu no rosto dela. Aisha também queria tocá-lo, então fez isso, alcançando aquela pele tão amada e familiar.

— Ainda estou um pouco cansada — disse ela, logo após raspar o prato e beber a água toda.

— Então vá dormir — sugeriu Walter gentilmente. Ele se levantou, se certificou de que o ventilador estava ligado e afofou o travesseiro no qual, há pouco, Aisha estava aconchegada. Ele estava ali, bem ali ao lado dela, como sempre.

Aisha se sentiu como quando era criança — uma menina muito mimada e querida, que era amada demais pelo seu Pak, tinha todas as vontades feitas pelos avós, era protegida por June e profundamente respeitada e valorizada, em todos os instantes, pela sua Mak. A sensação a pegou de surpresa, e ela se perguntou, por um segundo, se merecia estar sendo tratada com demasiada condescendência, mas era tão reconfortante que de fato não importava.

Deve ser assim que os adultos se sentem quando são amados. Como se aqueles que os amam quisessem cuidar deles o tempo todo, da mesma forma como fazem com a delicada maravilha que é uma criança.

Era como se algo tivesse se partido e a sensação de amadurecimento fosse a única coisa que brilhava. Era como um rito de passagem.

— Eu te amo — disse Aisha. Pela primeira vez, ela não pensou no futuro perdido e na progressão dos anos que eles poderiam ter tido. Seu único foco eram os olhos suaves do namorado, derretendo-a rumo a um sono tranquilo.

— Eu também te amo — respondeu Walter, de um jeito tão adorável, simples... e fácil como respirar. Como se fosse um fato consumado do mundo, como se fosse possível sobreviver mesmo quando não restasse mais ninguém, fácil como uma verdade verdadeira, mesmo quando tudo estava já pelas últimas.

Aisha inspirou, expirou e então... pegou no sono.

Boa Noite, Estrelas

(presente)

Já era noite quando Aisha acordou. Pela janela, ela podia ver um céu estrelado e sereno. Walter dormia na poltrona, como um velho e fiel guarda-costas. Ela o cobriu com um cobertor e ele nem se mexeu. Para ficar ainda mais confortável, colocou um pequeno travesseiro entre a bochecha e o ombro dele. Walter murmurou algo incompreensível e voltou a roncar. Em seguida, ela abriu a porta com cuidado para não acordá-lo.

A casa se encontrava em absoluto silêncio. Aisha foi até a cozinha na ponta dos pés e pegou um copo d'água. Estava morrendo de sede. Quando terminou de beber, ouviu vozes vindo da parte de trás do terreno.

Aisha abriu a porta dos fundos. Um breu amenizado pelo luar. Esah e June estavam deitadas perto do buraco, conversando baixinho e olhando para o céu. O buraco parecia um pouco maior do que no dia anterior. Quando viram Aisha, pararam de falar, o murmúrio sendo interrompido.

Aisha ainda estava com os músculos adormecidos, mas finalmente havia acordado. Atravessou o jardim, e a mãe e a irmã se ajeitaram para abrir um espaço entre elas. Aisha se deitou, sentindo a grama espetar suas costas a princípio, roçando sua camiseta, e olhou para o céu.

As estrelas cintilavam.

Tudo que Aisha conseguia ouvir era o chilrear baixo e furtivo dos grilos.

— Estou preocupada com você, *deng** — disse Esah, por fim.

Na posição em que estava, Aisha não conseguia vê-la, mas podia perceber claramente um lamento na voz da mãe.

— Estou bem — declarou Aisha, de modo automático.

— *Mun sik sikpa.*** E eu sei, filha, que muito disso é culpa minha.

— Sabe de uma coisa, Mak, você meio que estragou a gente — disse June timidamente, e se mexeu de um jeito que sua cabeça cor-de-rosa ficou pressionada contra a de Aisha. Ela exalava um forte perfume de baunilha, o mesmo odor que sempre dominou o quarto das duas. Na essência, June não havia mudado muito. Pensando bem, ela mesma não havia mudado muito. Pelo menos não fisicamente.

— A mamãe estava dando o melhor de si, June — replicou Aisha, acreditando em cada palavra, como sempre o fez e sempre o faria.

— Meu melhor poderia ter sido mais — refutou Esah com naturalidade. — Tive duas filhas maravilhosas.

— Você estava de luto — disse Aisha.

Se pelo menos tudo tivesse sido como foi hoje: a família novamente reunida. Ou melhor: uma nova família reunida. Se a vida da mãe depois do Arif tivesse sido repleta de dias prazerosamente intermináveis como esses últimos ali em Malaca... pois sim, uma linda família havia acabado de se formar naquela casa. Parecia um milagre. Valera a pena seguir em frente, ainda assim, como será que ela fora capaz?

Esah balançou a cabeça.

---

* *Deng*: "amor"/"meu amor". (N.T.)

** *Mun sik sikpa*: "Sei que não está." (N.T.)

— Não é verdade. Sim, eu estava, mas era mais do que isso. *Sikda apa.** — Ela colocou a mão no peito. *Nada.* — *Dalam tok.*** Eu não conseguia sentir nada na maior parte do tempo, a não ser cansaço, dia e noite. Eu só queria dormir, como se estivesse estagnada.

Aisha sabia disso, mas não doía menos saber que a mãe, entorpecida, não sentira muito dessa dor durante a segunda metade da vida da caçula, dormente durante aniversários e datas comemorativas importantes, como a formatura no ensino médio e os torneios de badminton.

— Embora aquela estagnação não fosse, digamos... real — continuou Esah, interrompendo os próprios pensamentos. — Afinal, eu ainda tinha vocês duas. E vocês estavam crescendo. — Ela respirou fundo e soltou um longo, longo suspiro. — Estavam crescendo, e eu não conseguia lidar com isso como deveria, não sem ele. Cada dia que passava, era um dia que ele jamais veria.

E você viu?, Aisha quis perguntar. *Você estava presente.* Você *viu*?

Como se a tivesse ouvido, Esah disse:

— Não era assim o tempo todo, claro. Vocês foram incríveis, as duas. E, a partir de um certo momento, verdade seja dita, as coisas melhoraram. Melhoraram, *sim* — enfatizou, como se reconhecesse que tal constatação era de suma importância, não o bastante para sarar tudo, mas, de qualquer modo, supernecessária —, mas foi tarde demais. E agora... não temos mais o...

Quando Aisha virou ligeiramente a cabeça para olhar a mãe, Esah estava fitando o céu.

— Tenho muito orgulho de você — disse ela à filha mais nova. — Você precisa saber disso. As duas precisam. *Anak mak.**** Eu sei que não fiz um trabalho muito bom em *demonstrar* isso.

As estrelas piscaram gentilmente para ela.

---

* *Sikda apa*: "Havia algo de errado." (N. T.)

** *Dalam tok*: "Aqui dentro." (N. T.)

*** *Anak mak*: "Minhas filhinhas." (N. T.)

— Mas temos tempo. Ainda temos tempo — disse June de repente, e se sentou. Seus cabelos brilhavam à luz do luar. — Pelo menos, nós temos esta noite. Só pra gente. — Ela olhou para Aisha. — Devíamos botar o papo em dia e colocar *a casa* em ordem. Temos todo o tempo do mundo.

— Sobre o que você quer conversar, Aisha? — questionou Esah, a voz saiu arranhando.

Aisha se perguntou há quanto tempo June estava ali com ela sob as estrelas e quase soltou um *deixa pra lá*.

Mas ela sabia que não dava mais para *deixar pra lá*.

— Eu não sei se…

— Sabe sim — interrompeu June, mania da qual Aisha não sentia saudade. Aquela coisa idiota e mandona de irmã mais velha que June fazia sempre que podia. Ou, sabe, talvez até sentisse, mas isso ela jamais diria a June. — E você não só quer saber como merece saber. Pergunte a ela.

Aisha fechou os olhos.

— Eu preciso saber… Quero que me conte sobre o Nek Dan e a Nek Kah — disse. — E sobre o Pak. Conte tudo, *eu quero saber tudo*.

Ela quase se sentiu envergonhada, parecendo gananciosa demais ao enfatizar "eu quero saber tudo". Aisha, porém, havia acabado de receber permissão para querer saber e então recordar; foi autorizada a isso.

— Tudo bem — assentiu Esah —, tudo bem.

A mãe fechou os olhos por um instante e logo depois fitou a noite mais uma vez. Voltou a fechar os olhos e, em silêncio, os lábios moldaram brevemente algo, algo que nem Aisha nem June foram capazes de entender — talvez tenha sido uma oração, ou uma prece por um ser amado que havia partido. Esah então abriu os olhos e começou a falar.

Contou histórias e mais histórias, algumas que Aisha ouvira várias vezes da boca da irmã, como o jeito com que a Nek Kah oferecia comida de graça aos moradores de um *kampung* que costumavam aparecer na casa e gentilmente suplicar por ajuda, pois tinham fome;

a forma quase sobrenatural como as plantas dela floresciam durante o ano inteiro, e como havia repassado o caderno de receitas para a filha. O jeito como o Nek Dan se debruçava sobre o jornal e reclamava com a família sobre as opiniões de certos articulistas durante o café da manhã. E sobre quando Esah passou a acompanhá-lo, e depois June quando tivera idade suficiente, na tarefa de levar *kuih** para distribuir no *kampung*. Falou sobre as fantásticas histórias de ninar de Arif e como ele havia permitido a June tingir as primeiras mechas cor-de-rosa, mesmo quando a mãe tinha sido contra, e então a convencido a rir ao invés de reclamar.

Ela contou histórias sobre as quais June e Aisha se lembravam apenas vagamente: as miniaturas originais que Arif tinha de *Guerra nas estrelas* que precisaram ser vendidas quando as coisas apertaram, pouco antes de Aisha nascer, e como ele ficara de luto, semanas a fio, por ter se desfeito da réplica da Estrela da Morte. Contou sobre o carro antigo que o Nek Dan mantinha com zelo, o Bluebird, e como ele tirava fotos do possante e as revelava, aquele precioso pássaro azul. E contou também sobre quando a Nek Kah tinha ficado com uma lombalgia danada por carregar Aisha no colo o tempo todo, mas também como ela não havia deixado que isso a impedisse nem um pouco de continuar dando colo à neta, até que precisara ser internada no hospital. Deitada no leito, ela esticara os braços para a neta para dizer o quanto tinha *valido a pena*.

E ela então passou a contar histórias que June e Aisha não conheciam: o primeiro e o segundo aborto espontâneo que a Nek Kah sofreu; como, em certos dias, a vovó saía para cuidar de duas árvores — a rambuteira e a mangueira —, aquelas que havia plantado em homenagem às crianças "desaparecidas". Contou como, certa vez, o Nek Dan tinha assustado um urso, gritando de medo com ele, e depois disso ido para casa e pedido a Nek Kah em casamento apenas porque sentiu que agora estava preparado para o que quer que fosse.

---

* *Kuih*: lanches em pequenas porções, como bolos, biscoitos, doces e guloseimas. (N.T.)

Aisha não sabia que, antes do seu nascimento, o dinheiro havia ficado escasso e que por isso o tio Amin pedira a Arif *Não tenha outro filho, pelo menos não agora*, mas que quando ele conhecera a segunda sobrinha dissera *Dane-se a grana, você tinha razão, que milagre maravilhoso.* June não sabia que o pai havia passado três noites seguidas em claro quando ela tivera icterícia, mesmo quando todos dormiam, exaustos, ao seu redor. Também não sabia exatamente como os pais se conheceram, mas Esah contou como ele estava vestido no dia e como seu estômago se contraíra de nervosismo, como ele havia sorrido para ela, jovem e encantador, e o que eles comeram no primeiro almoço que tiveram juntos, com amigos em comum, num fim da tarde. Elas não sabiam como a casa em Kuching havia ficado linda no dia do casamento deles, cheia de flores brancas, e, claro, não puderam testemunhar a felicidade pura e genuína expressa no rosto de Arif. Não sabiam que, antes de morrer, horas antes, ele havia chamado por suas meninas, mas depois mudado de ideia e impedido Esah de ir buscá-las, pois não queria que as últimas lembranças fossem de sua passagem.

Ela se recordava de tudo claramente, de cada história, a voz serpenteando pelo espaço entre mãe e filhas. Quantas memórias! E que memória!

— Achei que eu ainda teria tanto tempo... — disse, repetidas vezes. — Para escrevê-las e entregá-las a vocês direitinho. Só que agora... agora não resta mais nada. — Esah olhou para elas, e seu olhar pareceu pesar no rosto de Aisha. — Ainda quero voltar lá. *Balit rumah.** — O único lugar que seria um lar para ela. Kuching.

A voz estremeceu e ficou rouca, mas Esah continuou. Isso deve ter feito com que se sentisse ainda mais vazia, tantas e tantas histórias que a esfolaram por dentro durante todos aqueles anos, mas não: à medida que as contava, ela ia se curando, se *restaurando*, os dedos curtos e ágeis gesticulando para preencher os espaços em suas frases, tecendo redes de histórias ao redor delas três, o vocabulário alternando entre o dialeto de Sarawak, o inglês e o malaio. A mãe tinha tantas

---

* *Balit rumah*: "Para empacotar (as coisas da casa)." (N.T.)

lembranças, percebeu Aisha, e nenhuma havia sido perdida, esquecida. Aisha poderia ter ficado ressentida por nunca ter ficado sabendo de tudo aquilo antes, mas apenas podia se perguntar onde e por que Esah tinha guardado tantas histórias e por tanto tempo.

Histórias. Aisha pensou na mãe se agarrando desesperadamente a todas elas, entranhadas em seus ossos, a memória como o único lugar que restara após se sentir tão vazia, e naquela sensação pesada e úmida surgindo mais uma vez em si. Memórias para encarar o fim do mundo. Memórias para, quem sabe, enfrentar e derrotar o fim do mundo.

Aquilo não podia ser raiva.

Aisha sabia que se levasse os dedos aos olhos, eles estariam molhados. Era um choro tão estranho, sutil e silencioso que ela nem tinha percebido que estava aos prantos. Não era barulhento e doloroso, como havia sido na noite anterior. Era bem ao contrário disso. Era um choro de cura. De restauração. De regeneração. De refazimento.

Essas histórias não sobreviveriam, pensou Aisha. Mas será que isso importava? Ali, sob o céu noturno, as palavras se transformavam em estrelas, e as estrelas as guardariam e as contariam às ondas, que iriam, viriam e voltariam, mesmo depois da morte das três. E mesmo que isso não significasse nada e aquelas histórias nem sequer tivessem de fato existido, elas *agora* tinham vida, afinal, ganharam o universo de presente.

Isso não seria o bastante? Teria que ser. Elas três fariam com que fosse. Fariam tudo para que as histórias vivessem para sempre.

Um Sonho, Parte Três

(um hipotético tempo presente)

Aisha observou seu novo dormitório.

Os lençóis eram azuis, de um tom claro e frio, e combinavam com o pôster do filme *Ms. Purple*, pendurado na parede acima da mesa de estudos. Também havia um quadro de cortiça na mesma parede, no qual ela havia prendido algumas Polaroids — momentos com a mãe, Walter e amigos. No canto inferior direito, uma foto antiga dela e de June, com sorrisos lambuzados de sorvete.

Além disso, Aisha tinha pendurado fios de fada para emoldurar o quadro. À noite, no escuro, quando sentia saudade de casa, as luzinhas de LED banhavam o quarto com um tom dourado. Mas, neste momento, o janelão deixava passar a luz da tarde e tudo brilhava. Quando Aisha olhou para fora, viu pessoas sentadas no gramado bem verdinho. Fragmentos de conversas flutuavam até o quarto: *Mesmo com tudo isso, com tanto dever*, alguém estava dizendo, *como você ainda encontra tempo para…?* Ela olhou para os rostos iluminados e voltados para o futuro, prontos para os próximos anos de vida ali.

Aisha observou o quarto. Olhou para o minúsculo armário, a cama rangente e a escrivaninha de aparência antiga. Havia uma mancha misteriosa e acinzentada na parede, a qual provavelmente seria coberta por outro pôster. Ela correu os olhos pelo cômodo e pensou com satisfação: *esse é todo meu.*

Aisha foi para a faculdade. Para a faculdade de medicina. Chegou com vinte minutos de antecedência para a primeira aula e fez um estranho contato visual com a garota que tinha chegado dois minutos antes dela. Teve aulas e aprendeu sobre anatomia, farmacologia e ética médica, a testa franzida noite adentro tentando destrinchar tudo aquilo. Conversava no gramado do campus e participava de vários clubes, sociedades e do grêmio estudantil. No aniversário do pai, ela passava o dia na cama, e só se levantava para preparar *ayam masak lemak*, o prato preferido dele. Lembrava-se de como Arif inevitavelmente derramava um pouco do molho na toalha de mesa, disfarçando para limpá-la antes que Esah visse. Ligava para Walter sempre que podia e conversava com ele até tarde da noite, moldando seu dia entre os tantos quilômetros que os separavam.

Aisha foi para a faculdade. Fez amizade com a garota que sempre chegava cedo. Elas saíam e exploravam a cidade, ofegantes e cheias de vida. Assistia às aulas e conversava com os pacientes com calma, gentileza e franqueza, tentando nunca se esquecer de que a pessoa estava preocupada, com dor. Comparecia a algumas reuniões das sociedades das quais fazia parte e sem querer querendo perdia outras. Durante as férias, visitou Istambul e Luxemburgo, Belfast e Tóquio, Atenas e Paris. Na ponta dos pés, ficou observando os cumes gramados das colinas, ruínas antigas e belos edifícios; sentou-se em pastos de enormes fazendas, pequenos cafés, bancos de museus, e tentou absorver o mundo. Adiou o quanto pôde, mas acabou fazendo terapia e se abriu com hesitação e raiva, soluçando de tanto chorar. Por um longo tempo, aquilo não a ajudou em nada, até que, certo dia, sentada sozinha, percebeu que sim — e como! Enviava mensagens para Walter durante o dia e telefonava para Esah toda semana, como um relógio suíço.

Aisha foi para a faculdade. Foi morar com a garota que sempre chegava cedo para todas as aulas. Deixou o dormitório que tinha a tal cama rangente e a mancha misteriosa e se mudou para o pequeno apartamento da amiga, levando consigo o pôster de *Ms. Purple* e suas Polaroids. Elas assistiam a filmes até altas horas, ficavam irritadas uma com a outra por conta da louça suja, faziam listas de compras e, então, preparavam um pouco de *matar paneer** porque isso fazia com que a colega de quarto se lembrasse de casa. Assistia às aulas e chorava de frustração por causa de algumas delas, era muita matéria; em seguida, fazia as provas e se saía surpreendentemente bem. Comprava os doces com sabor de café preferidos do Nek Dan e lia os romances malaios mais cafonas da Nek Kah. Às vezes, Aisha se perguntava se eles se sentiriam orgulhosos da pessoa que ela estava se tornando, e então decidiu, afinal tinha que decidir, que sim. No final do quarto ano, June apareceu à sua porta, com saudades e mais saudades e pedidos e mais pedidos de desculpa por ter demorado tanto para ir visitá-la. Aisha hesitou por um tempinho, mas estava fazendo seu dever de casa na terapia, então deixou a irmã entrar. Sim, ela era bem-vinda.

Aisha foi para a faculdade. Conquistou o seu diploma e depois se lançou no mundo. No trabalho, conversava com pacientes que estavam deprimidos e com dor, e então recuperava o fôlego com os frascos de suplementos vitamínicos quando não conseguia ajudá-los. Ia para casa, o pequeno apartamento, e assistia a mais filmes com a garota que chegava cedo na sala de aula e havia se tornado sua melhor amiga. Ela também saía com outros amigos quando não estava no hospital, e eles visitavam restaurantes recém-inaugurados e conversavam sobre a vida um do outro, compartilhando o que havia acontecido durante a semana. De um jeito simbólico, ela vivia as pessoas que se foram: a força do pai, a língua afiada da avó, o pequeno estrabismo que lhe disseram ter herdado do avô. A vida que vivia não era assombrada, mas ela escolhia se lembrar dos seus queridos fantasmas. Ela brigava, claro, ria e crescia com Walter, que tinha passado a vê-la sempre que podia, em meio a tentativas de se decidir entre um mestrado

* *Matar paneer*: prato da culinária indiana feito com *paneer* (queijo cottage indiano) e ervilhas cozidas em curry ou molho de tomate picante, com diversas especiarias. (N.T.)

em arquitetura ou biologia. Ela telefonava para Esah e June toda semana, como um relógio suíço.

Aisha foi para a faculdade. Ela se lançou no mundo e visitou todos os lugares que pôde. De manhã, para afastar o sono, piscava até acordar de vez enquanto ouvia os pássaros cantarem, meigos e brilhantes. Ela estava vivendo a própria vida e, ah, como fazia isso bem.

Aisha

(sempre)

Na manhã seguinte, bem cedinho, Aisha já estava de pé, superdesperta. Lavou o rosto, escovou os dentes e foi até a cozinha, passando na ponta dos pés pela porta de James. Os adultos já estavam lá: Elizabeth, usando calças de ficar em casa, e Robert, com uma camiseta velha e um bermudão. Esah estava servindo aveia em tigelas, e June, sentada à mesa. O multiprocessador zumbia; Elizabeth estava preparando vitamina de maçã para todos começarem bem o dia.

Walter bocejou e deslizou na cadeira, os caninos expostos como os de um gato. Os dedos quentes procuraram os dela e, então, se entrelaçaram. Walter, presente para qualquer futuro que ela viesse a ter, executor de tudo e qualquer coisa que pudesse ser executada. Com ele por perto, nada era impossível.

Saíram de casa logo depois do café da manhã e cada um seguiu diretamente para seus respectivos postos — Robert já havia elaborado os planos e designado trabalho a todos. Elizabeth foi com June até as chapas de metal, e Robert subiu na escavadeira, parecendo totalmente familiarizado com a máquina. Esah examinou a planta do projeto e franziu a testa, concentradíssima como sempre.

Aisha olhou para a grandiosidade daquilo tudo, para o escopo do que estavam planejando, e quis dizer algo como *Não tenham tantas esperanças*, ou então *Isso pode não dar certo.*

Entretanto, James havia descido a escada, os pezinhos rápidos e barulhentos. Houve um momento antes de ele gritar da cozinha, melancolicamente, que não queria aveia, mas sim ovos, e onde estava todo mundo, afinal?

Os álbuns de fotografias de Elizabeth até agora não tinham saído do fundo da mala. June ainda nutria o que restava de sua longa vida cor-de-rosa, e Esah teve que aprender a recomeçar a viver a própria, com seu bom e velho — e caloroso! — sorriso de volta. Então, havia Walter, que valia tudo, e havia Aisha.

Ela pegou uma pá. Era bem mais pesada do que jamais havia imaginado, a madeira um tanto áspera e a borda de metal perigosamente afiada.

Aisha bateu na terra.

Valia a pena lutar por tudo aquilo. *O poder da humanidade de se unir e enfrentar o que está por vir é imbatível. Juntos somos invencíveis!*

Bem, aquilo… aquilo, sim, era ter coragem.

Pulguento vagueou pelo quintal, e todos gritaram para que ele fosse embora dali. Magoado, o gato voltou para dentro de casa, o rabo cor de curry estragado erguendo-se desdenhoso no ar.

FIM

Agradecimentos

Primeiro, um grande obrigada a Bella Pearson pela oportunidade que me deu. Fundadora da maravilhosa editora Guppy Books, ela criou esse concurso que dá a autores estreantes a chance de uma vida na literatura, e esteve comigo durante cada etapa do processo de criação deste livro. Não consigo expressar o quanto sou grata por seus conselhos e insights inestimáveis — trabalhar com ela e sua equipe incrível foi um sonho que se tornou realidade.

Sou muito, muito grata aos meus pais por tudo que fizeram por mim — eu não seria nada do que sou hoje sem todas as coisas que eles sacrificaram em meu nome. À minha irmã mais nova: obrigada por tudo, *eu acho*. Fico feliz por você existir, *eu acho*.

Obrigada a Nek Og, Nek Jeng e tio Jim por serem tudo o que foram na vida: maravilhosos, sempre pacientes comigo e infinitamente amorosos. Vocês vivem em mim, sempre.

Aos meus companheiros de casa, obrigada por não terem ido embora quando tudo o que fiz foi impor meu duvidoso gosto musical e reclamar por precisar escrever (essa gratidão também é dirigida a todos os pseudocompanheiros de casa). Ao meu grupo de apoio jurídico, obrigada por nunca responder minhas mensagens e comer toda a minha comida; vocês têm sido muito prestativos. Aos meus queridos amigos da escola que continuam meus amigos: obrigada por verificarmos como estamos a cada semestre, no máximo, mas, ainda assim, sei que vocês sempre estarão presentes para mim. Ao círculo de irmãos, obrigada por estarem disponíveis a todas as chamadas que sugiro no Discord. Aos amigos das diversas comunidades online, obrigada pelo incentivo que me motivou a escrever durante anos. Para a sociedade dos irmãos joaninhas, obrigada, obrigada, obrigada. Amo vocês.

Eu não teria conseguido aprender a escrever se não fosse pela inspiração de pessoas que escrevem bem melhor do que eu. Sou constantemente inspirada por escritores famosos como Tolkien e Alcott, mas também por autores que escolhem publicar seus trabalhos apenas em sites como o *ao3*. Obrigada pelos mundos que pude explorar, pois foram onde aprendi a construir os meus.

A Snitch, Sykes, Larry, Quaffle, Deci e Dachi, obrigada por serem os gatos que conheci ao longo do caminho. Lamento muito que vocês tenham que andar pelo *kampung* com nomes tão infelizes.

Esta história é principalmente sobre gatos e pessoas, mas também sobre lares. Há muita coisa que eu poderia dizer sobre paredes firmes, passado e conforto, mas somente direi: obrigada a todos — familiares e amigos — que alguma vez me permitiram entrar.

Para Zach, obrigada por cada exemplo de esperança e cura que esta história contém. Sou muito grata a tudo que você fez e tem feito por mim. Espero ser mencionada na sua dissertação.

Papel: Pólen natural 70g
Tipo: Bembo
www.editoravalentina.com.br